# Gefährliche Versuchung

Sarah J. Brooks

ISBN-13: 978-1979028233

ISBN-10: 1979028230



Dieses Buch ist reine Fiktion. Alle in diesem Buch geschilderten Handlungen und Personen sind frei erfunden. Ähnlichkeiten mit lebenden oder verstorbenen Personen wären zufällig und nicht beabsichtigt.

Gefährliche Versuchung

*Für meine Leser*

# Inhaltsverzeichnis

Kapitel 1
Kapitel 2
Kapitel 3
Kapitel 4
Kapitel 5
Kapitel 6
Kapitel 7
Kapitel 8
Kapitel 9
Kapitel 10
Kapitel 11
Kapitel 12
Kapitel 13
Kapitel 14
Kapitel 15
Kapitel 16
Kapitel 17
Kapitel 18
Kapitel 19
Kapitel 20
Kapitel 21
Kapitel 22
Kapitel 23
Kapitel 24

Kapitel 25
Kapitel 26
Kapitel 27
Kapitel 28
Kapitel 29
Kapitel 30
Kapitel 31
Kapitel 32
Kapitel 33
Kapitel 34
Kapitel 35
Kapitel 36
Kapitel 37
Kapitel 38
Kapitel 39
Kapitel 40
Kapitel 41
Kapitel 42
Kapitel 43
Kapitel 44
Kapitel 45
Kapitel 46
Kapitel 47
Kapitel 48
Kapitel 49

# Kapitel 1

„Bella, ich kann nicht schneller."

„Naja, wir haben zwei heiße Typen die mit uns tanzen gehen wollen, also denke ich, du solltest es versuchen."

„Mach ich ja, mach ich ja. Warum gehst du nicht nach oben und sagst hi zu deinem Dad oder so? Ich arbeite schneller, wenn du mich hier alleine machen lässt. Ich komm dann hoch, wenn ich fertig bin."

„Okay. 15 Minuten, länger nicht!"

„Okay."

Elizabeth Cleveland, Spitzname Liz, arbeitete immer und ihre beste Freundin Isabella Wellington arbeitete nie. Das war etwas, auf das man sich so sicher verlassen konnte wie das Amen in der Kirche. Glücklicherweise war Isabella, oder Bella, wie sie von ihren Freundinnen genannt wurde, immer so mit ihrem gesellschaftlichen Leben beschäftigt, dass sie kaum merkte, wie viel Liz überhaupt arbeitete.

Liz beendete ihre Arbeit im Ablageraum der WellBright Kanzlei und fuhr dann mit dem Aufzug in das oberste Stockwerk. Sie hasste es auf die Etage ihres Chefs zu fahren und tat das normalerweise auch nur, wenn Bella da war. Bellas Vater, Harrison Wellington, war der Partner einer der größten

Kanzleien in ganz New York City. Obwohl Bella und Liz schon seit zwei Jahren beste Freundinnen waren, fühlte sich Liz immer noch nicht wohl in der Nähe von Harrison. Irgendetwas an ihm bereitete ihr weiche Knie.

Harrison Wellington war einer der jüngsten Partner der erfolgreichen Kanzlei. Mit nur 32 Jahren wurde er zum Partner, und in den letzten knapp 8 Jahren hatte er praktisch nur für das Unternehmen gelebt. Allerdings nahm er sich immer Zeit für Bella, wenn sie ihn sehen wollte. Doch Liz fand ihn angsteinflößend, und das nicht nur, weil er ihr Boss war. Harrison war unglaublich attraktiv. So attraktiv, dass Liz es schon schwierig fand ihm auch nur in die Augen zu schauen.

Als der Fahrstuhl die oberste Etage erreichte, merkte Liz, wie sich ihr Herzschlag beschleunigte. Irgendetwas an diesem Mann machte es ihr schwer normal zu atmen. Sie trat aus dem Aufzug und setzte sich in den Empfangsbereich.

„Miss Cleveland. Sie können reingehen. Miss Wellington ist bereits drinnen", sagte die tadellos gekleidete, blonde Sekretärin.

„Nein, danke." Liz fand es wunderbar, hier in der Lobby zu sitzen und auf Bella zu warten.

Die Sekretärin nahm den Telefonhörer ab, aber Liz konnte nicht hören, was sie sagte.

Plötzlich kam Bella aus der riesigen Mahagoni-Tür geplatzt.

„Sag hallo zu meinem Vater, Liz“. Sie sagte das mit so viel Enthusiasmus, dass Liz es nicht fertigbrachte, nein zu sagen. Grundsätzlich fiel es Liz schwer, nein zu Bella zu sagen – egal worum es ging.

Bella war zwar drei Jahre jünger als Liz, aber so viel besser in Bezug auf viele Aspekte des sozialen Lebens. Das sollte sie auch sein, schließlich verbrachte sie ja auch ihr ganzes Leben damit, neue Bekanntschaften zu knüpfen, während Liz irgendwie versuchte zu überleben.

„Elizabeth, wie gefällt Ihnen Ihre Arbeit hier?“, fragte Harrison, als Liz das Büro betrat.

„Gut. Vielen Dank nochmal für den Job.“ Liz schaute kurz hoch und lächelte.

Sie dachte ein kurzer Blick zu ihm wäre sicher. Doch sofort fühlte sie, wie die Hitze von ihr Besitz ergriff und ihre Wangen rot anliefen. Seine tiefblauen Augen blickten bis in ihre Seele, es war unmöglich, nicht die elektrische Spannung zu spüren, die durch ihren Körper floss. Allerdings war Liz sich sicher, dass dieses Gefühl nicht auf Gegenseitigkeit beruhte. Sie benahm sich einfach nur wie ein verknallter Teenager.

„Nun ja, das ist doch schön. Bella sagte mir, dass Sie jetzt mit Ihrem Freund außerhalb des Campus wohnen? Keine Studentenwohnung mehr für Sie?“

„Ich konnte es mir nicht leisten, auf dem Campus zu wohnen. Es ist günstiger außerhalb.“

„Das kann ich mir vorstellen. Siehst du Bella, so etwas macht man als verantwortungsvolle, junge Dame – man achtet auf sein Budget und auf die anfallenden Kosten.“ Harrison lächelte seine Tochter an, als er ihr einen kleinen Schubs gab.

„Oh man, Dad. Ich könnte nie so viel arbeiten wie Liz. Ich glaube, ich würde sterben.“

„Ja, das glaube ich allerdings auch.“ Harrison zwinkerte Liz zu, als er das sagte.

„Okay, Liz, wollen wir los?“, fragte Bella.

„Ja“, sagte Liz, erleichtert bei der Vorstellung das Büro endlich verlassen zu können.

„Passt auf euch auf heute Abend. Ich fahre für eine Woche nach Boston, aber wenn ihr irgendetwas braucht, bin ich nur einen Anruf entfernt. Hast du gehört, Isabella?“

„Ich weiß, Dad. Uns geht's gut. Mach dir keine Sorgen, ich bin mit der verantwortungsvollen Elizabeth zusammen unterwegs.“ Bella umarmte ihren Vater und Liz ging geradewegs zum Fahrstuhl Es war faszinierend, dass sie nach zwei Jahren immer noch weiche Knie bei Bellas Vater bekam.

Allerdings war es auch nicht so, als wäre Harrison der typische Vater, wie man ihn sich vorstellte. Mit 39 Jahren war er immer noch sehr jung. Er war groß, vermutlich um 1,90m. Sein dunkelbraunes Haar war immer tadellos gestylt, mit genau der richtigen Länge, sodass man die leichten Wellen noch erkennen konnte. Sein markantes Kinn und die blauen Augen machten ihn zu dem Traummann, den sich tausende von Mädchen in ihrem Bett wünschten.

Liz wusste, dass er niemand war, der sich für ein Mädchen wie sie interessieren würde. Er spielte ganz einfach in einer anderen Liga. Nicht zu vergessen, er war der Vater ihrer besten Freundin. Trotzdem konnte sie nicht abstreiten, dass er der Typ Mann war, von dem auch sie schon immer geträumt hatte. Nicht nur wegen seines Aussehens; er war auch ein toller Vater für Bella, trotz der Scheidung von seiner Frau vor einigen Jahren. Harrison war ein fester Bestandteil von Bellas Leben und immer für sein kleines Mädchen da.

Als die Fahrstuhltüren sich schlossen, atmete Liz vor Erleichterung hörbar aus. Sie schaute sich ihr Spiegelbild im Spiegel des Aufzugs an und sah die roten Stellen auf ihren Wangen. Es passierte einfach immer, wenn sie in der Nähe von Bellas Vater war.

„Meine Güte Liz, warum bist du immer so gemein zu meinem Vater?", sagte Bella grinsend.

„Ich bin nicht gemein!"

„Ich mach doch nur Spaß. Aber du willst nie lange bei ihm sein. Dabei ist er wirklich ein netter Kerl."

„Bella, er ist jetzt mein Boss. Es ist einfach eine merkwürdige Situation."

„Wie auch immer... Ich texte Matt und Wade, dass sie uns am Roxy treffen sollen."

„Ja, ich könnte eine ganze Nacht lang trinken und tanzen. Aber irgendwann wird dein Vater herausfinden, dass du einen gefälschten Ausweis hast und uns umbringen.“

„Oh Liz, ich habe meinen Dad so um meinen Finger gewickelt, da passiert schon nichts.“ Bella grinste.

Liz wusste, dass das stimmte. Obwohl Liz 22 war und legal in den Nachtclub gehen konnte, war Bella erst 19 und musste einen gefälschten Ausweis benutzen. So waren nun einmal die Gesetze in den USA. Trotzdem machte die ganze Aktion Liz nervöser als Bella, die scheinbar überhaupt nicht aufgeregt deswegen war. Naja, irgendwie gab es ja auch nicht viel auf dieser Welt, über das sie sich Sorgen machen musste. Anders als bei Liz.

# Kapitel 2

Das Roxy war voll wie immer. Es war Freitag und alle waren unterwegs und bereit die Nacht zum Tag zu machen. Als Bella und Liz ankamen, wurden sie sehr schnell vom Türsteher, Marco, hereingelassen. Bella hatte ihm früher einmal 500 Dollar Trinkgeld zugesteckt und seitdem öffnete er praktisch jede Tür, durch die sie gehen wollte. Während sie an hunderten von wartenden Leuten in der Schlange vorbeigingen, steckte sie ihm etwas zu, das nach weiteren 100 Dollar aussah.

„Na, so macht man das, wenn man in einen Club will!“ Bella strahlte mit ihrem ansteckenden Lächeln. Liz wusste, dass sie recht hatte. Bella gab wahrscheinlich schon länger Trinkgeld an Leute als Liz sich vorstellen konnte. So waren die Dinge eben in New York. Es gab die Trinkgeldgeber und die Trinkgeldempfänger.

Liz gehörte eher zur letzteren Kategorie, zumindest die meiste Zeit. Aber irgendwann wollte sie ihren Marketingabschluss haben, der ihr einen coolen Job mit großzügigem Gehalt verschaffen würde. Mittlerweile stellte sie sich alles besser vor, als den ganzen Tag als Aktensortiererin zu arbeiten und die meisten Abende als Bedienung – alles, während sie ihren Abschluss machte.

„Oh Shit", sagte Liz, als sie zu ihrem angestammten Tisch im Club gingen. Dort saßen Wade und Matt mit zwei anderen Mädchen. Die Mädels flirteten heftig mit den Jungs. Wade verhielt sich wie ein Gentleman und saß auf seiner Seite des Tisches rund einen halben Meter von den Mädchen entfernt. Aber Matt war weniger Gentleman. Sein Arm umschlang die Hüfte des blonden Püppchens, deren falsche Wimpern sogar ein Blinder erkennen musste.

Bella sah die Szene und blieb abrupt stehen.

„Verdammt Liz, er ist so ein Idiot. Wann machst du endlich mit ihm Schluss?"

„Bella, du weißt genau, dass ich es mir nicht leisten kann meine Studiengebühren und ein Appartement alleine zu bezahlen. Er ist meine einzige Option momentan. Außerdem ist er nicht so übel. Er flirtet nur gerne."

„So ein Quatsch! Du verdienst etwas viel Besseres als ihn."

„Lass uns einfach tanzen gehen. Ich hab gerade keine Lust mir das anzusehen."

„Ich will zumindest kurz Wade begrüßen, Liz. Auch wenn ich dabei Matts kleines Liebesspiel unterbrechen muss."

Liz folgte Bella, als diese direkt auf Matt und das Mädchen, mit dem er sprach, zuging. Sie legte ihren Arm um das Mädel und flüsterte ihr etwas ins Ohr, woraufhin es so schnell den Tisch verließ, dass sie verschwunden war, als Liz den Tisch erreichte."

„Bella, du hättest nicht so unhöflich sein müssen", sagte Matt.

„Ich war nicht unhöflich, du Idiot. Ich habe ihr angeboten ihre Muschi zu lecken bis sie mich angefleht hätte, aufzuhören."

„Oh fuck ja, das ist mein Mädchen!" grölte Wade als er Bella zu sich auf den Schoß zog und die beiden anfingen, rumzuknutschen.

Liz musste lachen, sie konnte nicht anders. Bella war eine wilde, junge Frau. Viel verrückter als Liz es je sein würde, zumindest den Geschichten nach zu urteilen, die Bella ihr bislang erzählt hatte. Liz war eher schüchtern. Sie war keinesfalls der Typ, der so etwas zu einem anderen Mädchen gesagt hätte, geschweige denn so etwas mit einem anderen Mädchen gemacht hätte.

„Na, amüsierst du dich?", fragte Liz, als sie sich neben Matt stellte.

„Komm schon, Babe. Sie kam rüber zu mir. Ich wollte nicht unhöflich sein."

Liz wollte Matt eigentlich die Meinung geigen, aber sie hatte keine Lust auf einen Streit und konnte es sich außerdem nicht leisten, aus dem gemeinsamen Appartement zu ziehen, falls die Dinge eskalieren sollten. Noch ein Semester bis zum Abschluss. Es hatte sie fünf Jahre harte Arbeit gekostet, so weit zu kommen. Dieser Trottel würde ihr nicht ihre Träume zerstören.

Außerdem war er eigentlich auch nicht so übel. Sie würde noch ein paar Monate durchhalten müssen, und das konnte sie. Liz wusste, dass die einzige andere Möglichkeit darin bestand, das College zu verlassen, was aber keine wirkliche Option war. Sie wollte diesen Abschluss.

„Fein. Lass uns einfach tanzen gehen“, bot Liz einen Waffenstillstand an.

„Na klar, Babe.“ Matt griff sich Liz und zog sie nah zu sich heran, indem er seine Hand in ihren Nacken legte und sie küsste. Zunächst wollte sie zurückziehen, doch dann ließ sie es zu. Es hatte keinen Sinn, sauer auf ihn zu sein, wenn sie gar nicht sauer sein wollte.

Matt beließ es jedoch meistens nicht bei einem Kuss. Schon bald wanderte seine Hand unter ihr Oberteil. Wieder versuchte Liz, sich von ihm zu lösen, aber er hielt sie nah an sich gedrückt. Langsam bewegten sich seine Lippen zu ihrem Nacken und von dort runter zu ihren Brüsten. Es war ihm egal, dass sie in einem Club voller feiernder Gäste waren. Anscheinend hatte er schon einiges getrunken und war dementsprechend spitz. Liz wusste, dass es sinnlos war, ihn zu bändigen, also versuchte sie es auf andere Art und Weise.

„Babe, ich will tanzen. Komm schon, lass uns tanzen“, flüsterte sie in sein Ohr.

Entweder hörte Matt sie nicht bei der lauten Musik im Club, oder es war ihm egal. Seine Hand wanderte über ihre Oberschenkel unter den Rock, und kurz darauf zog er ihre Unterwäsche zur Seite.

Liz blickte hinüber zu Bella um zu sehen ob sie etwas mitbekam, doch Bella war zu beschäftigt damit, mit Wade rumzuknutschen.

„Babe, nicht hier. Wir sind mitten im Club. Lass uns tanzen gehen", versuchte es Liz erneut.

Wieder ignorierte Matt sie. Stattdessen küsste er sie so fest, dass sie nicht mehr sprechen konnte. Dann ließ er seinen Mittelfinger in sie hineingleiten.

Liz fuhr zurück und ließ ein dumpfes Stöhnen hören. So sehr sie das hier, mitten im Club, nicht wollte, so war es gleichzeitig auch extrem aufregend. Ihr Körper wollte mehr davon.

Während sich seine Finger in ihr bewegten, schaute Liz sich nervös um. Doch niemand schien sich für sie und Matt zu interessieren. Halbherzig versuchte sie erneut, Matt wegzustoßen, doch es war zwecklos. Und es fühlte sich so gut an.

Sein Daumen erreichte ihre Klitoris und begann sie zu massieren. Liz merkte, wie die Ekstase die Überhand gewann. Matt ließ einen weiteren Finger in sie hineingleiten, dann war es soweit: Sie wurde noch feuchter und merkte, wie sich der

Orgasmus anbahnte.

„Matt… oh Gott… Matt!“, murmelte sie, als seine Finger immer schneller wurden.

„Das gefällt dir, Babe, was?“, flüsterte Matt ihr ins Ohr.

„Ja…“

Matt beschleunigte seine Bewegungen noch weiter, wobei sein Daumen hart auf Liz‘ Klitoris drückte. Sie konnte es nicht mehr zurückhalten. Sie musste sich an einem Tisch abstützen, um nicht das Gleichgewicht zu verlieren, als sie kam. Langsam ebbten die Wellen der Ekstase ab und ihre Beine wurden schwach.

# Kapitel 3

Nach Matts kleinem Spielchen musste Liz erst einmal auf die Toilette gehen. Bella folgte dicht hinter ihr, immer noch daran denkend was eben zwischen Liz und Matt geschehen war.

„Es ist okay, Liz. Lass ihn dir nicht den Abend versauen."

„Nein, ich bin in Ordnung. Es ist okay. Er hat sich entschuldigt." Eine kleine Notlüge. Liz wusste, dass Matt sich niemals für irgendetwas entschuldigen würde.

„Alles klar, dann lass uns diese Party rocken!" Bella tanzte hinüber zu den Damentoiletten.

Als die beiden wieder zurück zu ihrem Tisch gingen, kam Wade auf sie zu.

„Hey Ladies, sollen wir uns ein paar Drinks an der Bar holen? Ich zahle", sagte er, wobei er direkt versuchte, Bella und Liz hinter sich herzuziehen zur Bar auf der anderen Seite des Clubs.

„Nein, lass uns einfach tanzen gehen", erwiderte Bella, während sie Wades Hand ergriff und ihn in Richtung Tanzfläche zog. Dann sah sie es. Bella erstarrte fast augenblicklich.

„Oh, warte. Doch, lass uns etwas trinken gehen“, sagte sie, während sie eine hundertachtzig Grad Drehung vollführte.

„Was?“, fragte Liz, während sie hinüber zu ihrem Tisch schaute, so als ahnte sie, dass etwas nicht stimmte.

Und dort saß er. Nur wenige Minuten nachdem er seine Finger in Liz gehabt hatte, schien Matt zurück zu dem blonden Flittchen gegangen zu sein und knutschte nun mit ihr rum. Liz fühlte sich schrecklich. Anscheinend war sie ihm völlig egal. Was für ein Mann tat so etwas? Würde sie ihn jetzt darauf ansprechen, würde er wahrscheinlich behaupten, das Mädel habe ihn geküsst. Oder dass er zu betrunken sei um sich zu erinnern. Egal was, er hatte immer für alles eine Ausrede.

Dieses Mal hatte Liz nicht einmal die Energie um zurück zum Tisch zu gehen. Es war mehr als nur die Tatsache, dass er ein anderes Mädchen küsste. Das wirklich Schlimme war, dass Liz wusste, dass sie nichts dagegen tun konnte. Sie konnte nirgendwo anders hin. Sie konnte nicht mehr auf dem Campus wohnen, das war zu teuer. Sie konnte sich nicht gleichzeitig die Studiengebühren und eine eigene Wohnung leisten. Also blieb nur, dies alles irgendwie zu ertragen. Doch jetzt im Moment wollte sie nur noch nach Hause.

„Würdet ihr mich nach Hause bringen?“, fragte Liz, während sie Bella und Wade betrübt anblickte. Liz merkte, dass Bella gerne tanzen wollte, doch ihre Freundin verbarg ihre Enttäuschung gut.

„Na klar können wir, oder Wade?" Bella schubste ihn in Richtung des Ausgangs, ohne ihm eine große Wahl zu lassen.

Als die drei sich in Wades SUV setzten, war Liz am Boden zerstört. Wie hatte ihr Leben nur so werden können? Mit einem Vollidioten von Freund zusammenzubleiben, nur weil sie sich keine eigene Wohnung leisten konnte. In diesem Moment hasste Liz ihr Leben.

Zurück im Appartement nahm Liz ihre Sachen aus dem Schlafzimmer und richtete sich auf dem Sofa ein. Auch wenn sie nicht mit Matt streiten würde, so wollte sie auf keinen Fall das Bett mit ihm teilen. Stattdessen würde sie ihn anschweigen und eine Zeit lang auf der Couch nächtigen. Das würde ihm wenigstens zeigen, dass sie sauer war.

Liz schlief schneller ein als sie erwartet hatte, und erwachte einige Stunden später zum Alarm ihres Handys. Es war 7 Uhr, sie musste sich für die Arbeit fertigmachen. Ihre Samstage bestanden normalerweise darin, den ganzen Tag zu kellnern, und oftmals war dies der beste Tag der Woche, wenn es um Trinkgeld ging.

Liz textete Bella um zu sehen, ob diese wach war. Nicht dass Bella um eine solche Uhrzeit schon aufgestanden wäre, aber es bestand die realistische Möglichkeit, dass sie noch gar nicht zu Bett gegangen war. Als Wade und Bella sie zu Hause abgesetzt hatten, hatte Liz mitbekommen, wie die beiden darüber gesprochen hatten, noch in einen anderen Club zu fahren.

Liz lugte ins Schlafzimmer und sah Matt schlafend im Bett liegen. Zumindest war er letzte Nacht nach Hause gekommen, dachte sie sich. Aber scheinbar war es ihm nicht wichtig, Liz zu wecken oder sich zu entschuldigen. Hoffentlich begriff er wenigstens, dass sie stinksauer war. Vielleicht würde er ja heute Abend das Gespräch suchen, wenn sie von der Arbeit wieder da war.

Früher war Matt ein wirklich netter Kerl gewesen. Aber in den letzten Wochen und Monaten war seine Trinkerei immer mehr aus dem Ruder gelaufen, was dazu führte, dass er selbst kaum noch zur Uni ging. Matt war 24 und versuchte immer noch, seinen Abschluss zu machen. Dabei dachte Liz immer schon, dass sie lange brauchen würde – aber Matt war nun schon bald im siebten Jahr am College.

Tatsächlich war Bella noch wach, und auf dem Weg zur Arbeit traf sich Liz mit ihr auf einen Kaffee.

„Du könntest im Haus meines Vaters in meinem alten Zimmer schlafen", bot Bella ihr an.

„Oh mein Gott, NEIN!", lachte Liz.

„Ich weiß, dass es weit bis zum Campus ist. Aber es nah an der Kanzlei und auch nicht weit bis zu deinem Kellnerinnen-Krams."

„Nein, es geht mir nicht um die Entfernung, Bella. Ich werde nicht mit deinem Vater unter einem Dach wohnen!"

„Warum nicht? Es würde ihn nicht stören. Er ist eh viel

unterwegs und arbeitet fast die ganze Zeit."

„Meine Güte, Bella! Ja, er ist nett. Aber ich kann nicht mit der Familie von jemand anderem zusammenleben, das wäre abgefahren. Außerdem ist er technisch gesehen mein Boss. Das wäre noch abgefahrener. Und er ist dein Vater. Das wäre oberabgefahren." Liz erwähnte nicht, dass Harrison Wellington außerdem verdammt heiß und sexy war. Das konnte eh jeder sehen, warum sollte sie Bella also darauf hinweisen. Als wenn sie als seine Tochter das nicht sowieso wüsste!

„Okay, okay. Aber ehrlich gesagt wäre doch alles besser für dich, als mit diesem Arschloch Matt zusammenzubleiben."

„Ach was, es geht schon. Er hat sich die ganze Nacht entschuldigt. Er war wahrscheinlich nur betrunken." Liz hatte nicht den Mumm, um Bella die Wahrheit zu erzählen. Musste Bella überhaupt die Wahrheit kennen? Sie wusste nicht, wie es war, wenn man nirgendwo hinkonnte. Wenn niemand da war, denn man um Geld bitten konnte.

Bella lebte in einem Privatappartement auf dem Campus. Ihre Studiengebühren wurden für sie bezahlt. Alles was sie brauchte, bekam sie auch. Liz liebte Bella über alles, aber ihre Freundin konnte einfach nicht verstehen, wie Liz sich in ihrer Situation fühlte.

## Kapitel 4

Im Restaurant war an diesem Samstag die Hölle los. Liz fing um 8 Uhr morgens an und arbeitete bis fast 10 Uhr abends. Als sie im Taxi saß und zu Hause vorfuhr, konnte sie nur noch daran denken ins Bett zu kriechen und zu schlafen. Oder besser gesagt auf die Couch zu kriechen, denn sie würde nicht wieder mit Matt ins Bett gehen. Insgeheim hoffte sie, dass Matt heute Abend wieder auf der Piste war, so dass sie direkt schlafen konnte, ohne ihm vorher nochmal zu begegnen.

Als Liz die Tür zum Appartement öffnete, wusste sie direkt, dass etwas nicht stimmte. Überall lagen Klamotten auf dem Boden verstreut. Frauenklamotten. Nicht ihre Frauenklamotten.

„Scheiße“, hörte sie Matt aus dem Schlafzimmer sagen.

„Was ist los?“, fragte eine weibliche Stimme.

Na super, dachte Liz. Natürlich. Jetzt nahm er seine Affären schon mit nach Hause. Liz konnte nicht mehr. Sie konnte es nicht mehr ertragen, dass dieser Idiot sie so behandelte. Das war zu viel.

„Was zum Teufel geht hier vor?“, schrie sie auf der Türschwelle zum Schlafzimmer.

Natürlich lag das blonde Püppchen von gestern Abend im Bett neben Matt.

„Babe, es ist nicht so, wie es aussieht“, sagte Matt, während er seine Hose wieder anzog.

„Aha. Es sieht nämlich so aus als würde mein Freund ein Flittchen vögeln.“

Mittlerweile hatte das Mädel verstanden, was hier gerade lief, und wickelte sich in die Bettdecke, bevor sie den Raum verließ. Im Wohnzimmer sammelte sie ihre Klamotten ein und ging dann in Richtung des Badezimmers, um sich anzuziehen.

„Babe, wirklich. Alles okay. Sie geht jetzt.“ Matt tat wirklich sein Bestes, um Liz davon zu überzeugen, dass hier alles normal war. Keine große Sache, seinen Freund mit einer anderen im Bett zu erwischen.

„Hör auf mich Babe zu nennen. Das kotzt mich an.“

„Es tut mir Leid, Babe.“ Matt zuckte zusammen, als es ihm wieder rausgerutscht war.

„Du kannst nicht mal einen Abend aushalten, ohne jemanden flachzulegen? Ist das dein Ernst, Matt?“

„Sie geht doch jetzt, Liz. Beruhig dich, sie verschwindet sofort.“

Das Mädchen verschwand tatsächlich, sie rannte fast aus der Wohnung, als sie aus dem Bad kam. Sie drehte sich nicht einmal mehr um, sondern verschwand direkt im Treppenhaus.

„Das war's für mich, Matt. Ich kann diese Scheiße nicht länger mitmachen." Liz nahm einen großen Koffer aus dem Schrank.

„Babe. Ernsthaft, das passiert nie wieder."

„Matt, ich bin mir zu gut für sowas. Ich kann keine Sekunde länger hierbleiben."

„Fein! Du willst abhauen? Dann hau doch ab. Meinetwegen kannst du auf der Straße leben."

„Ich habe nichts anderes von dir erwartet."

Mittlerweile kotzte Matt Liz nur noch an.

„Gute Reise", sagte Matt, während er durch den Flur zum Bad ging. Dann fing er an, sämtliches Make-Up und andere Sachen von Liz in den Flur zu werfen.

„Hör auf!", schrie Liz und rannte herüber, um ihre Sachen zu retten.

„Aufhören? Warum? Du willst doch abhauen. Ich helfe dir nur beim Packen."

„Stop, Matt, du machst nur alles kaputt." Liz packte Matt am Arm, um ihn davon abzuhalten, noch mehr auf den Boden zu schmeißen.

Als Matt versuchte, seinen Arm von Liz wegzureißen, flog ihr Arm gegen ein Bild an der Wand. Das Bild fiel von der Wand und zerbrach in tausend Teile, und die Scherben hinterließen einen tiefen Schnitt in ihrem Gesicht und auf ihrem

Arm. Das Blut sprudelte wie verrückt aus den Wunden, was dazu führte, dass der Streit sofort endete.

Matt schien aufrichtig besorgt und holte Handtücher aus dem Bad. Ohne ein Wort schlug er eines davon um ihren Arm und drückte ein weiteres an ihre Wange. So saßen sie schweigend nebeneinander auf dem Boden des Badezimmers, umgeben von kaputtem Make-Up und Blutflecken.

Liz machte sich gar nicht erst die Mühe, all ihre Sachen zu packen. Stattdessen nahm sie nur zwei Outfits für ihre Jobs und steckte diese in einen kleinen Rucksack. Matt suchte was er konnte von ihrer Schminke zusammen und steckte es in eine Plastiktüte. Sie redeten nicht miteinander, es gab auch nichts zu sagen. Es war vorbei.

Liz nahm ein Taxi zum Campus und klingelte bei Bella. Sie hatte schon versucht sie per SMS zu erreichen, aber Bella hatte nicht geantwortet. Es gab zwei Möglichkeiten: Nummer eins, Bella war wieder unterwegs und kontrollierte ihr Handy nicht, weil sie in einem Club war. Oder Nummer zwei, die Müdigkeit hatte Bella letztlich doch eingeholt und sie war nun am Schlafen. Und wenn sie einmal schlief, dann konnte sie nichts mehr aufwecken – nicht einmal ein Feueralarm, so wie in der Nacht, in der Liz Bella das erste Mal kennengelernt hatte.

Liz hatte die Aufgabe gehabt, die Stockwerke auf dem Campus zu durchsuchen, als sie eine Probe für einen Feueralarm durchgespielt hatten. Da Liz ein wenig älter als die anderen Mädchen gewesen war, hatte man sie für verantwortungsbewusster und damit ideal geeignet für diesen Job gehalten. Als Liz in Bellas Zimmer geschaut hatte, war diese friedlich am Schlafen gewesen. Nicht einmal als sie sie durchgeschüttelt hatte, hatte Liz sie wecken können. Es hatte fast fünf Minuten gedauert, bis sie Bella aus dem Bett bekommen hatte. Als sie unten angekommen waren, war der Campusvorsteher direkt angefangen die beiden anzuschreien, dass sie viel zu lange gebraucht hatten – das war der Moment, in dem die beiden Freundinnen wurden.

Für das folgende Jahr waren die beiden unzertrennlich gewesen, bis Liz vom Campus wegzog und sich mit Matt ein Appartement nahm. Und wohin hatte das nun geführt? Sie saß bibbernd vor dem Campus in einer bitterkalten Januarnacht.

## Kapitel 5

Glücklicherweise musste Liz nicht zu lange warten, bis ein Student sie erkannte und in die Lobby ließ. Liz ging nach oben zu Bellas Zimmer und klopfte ein paar Mal, doch es kam keine Antwort. Da sie sich immer noch nicht sicher war, ob Bella zu Hause war oder nicht, schaute sie, ob die Tür verschlossen war. Wenn Bella zu Hause war, war die Tür meistens auf.

Doch leider war die Tür verschlossen. Liz lehnte sich mit dem Rücken an die Wand und rutschte langsam herunter. So saß sie mit ihren beiden Taschen vor Bellas Zimmer und fragte sich, was in aller Welt sie hier überhaupt trieb. Sie war müde. Es war so eine verdammt lange Nacht gewesen – aber sie wusste auch nicht, wohin sie sonst gehen sollte. Sie hatte zwar auch Freunde von der Arbeit, aber die wollte sie um 2 Uhr nachts nicht anrufen.

Morgen auf der Arbeit würde sie herumfragen ob irgendjemand eine Couch für sie hatte, auf der sie für eine gewisse Zeit nächtigen konnte. Sicherlich würde jemand sie aufnehmen. Wenn sie dann von einem Bekannten zum Nächsten zöge, könnte sie das Semester vielleicht überbrücken. Es waren nur ein paar Monate, dachte Liz. So schlimm würde es schon nicht werden.

Liz schloss ihre Augen und dachte einen Moment lang

darüber nach, wie es sein würde, die kommenden Monate auf dem Sofa eines Bekannten zu wohnen. Wo würde sie ihre Sachen lassen? Würde sie die Ruhe und die Zeit finden, um für ihren Abschluss zu lernen?

Langsam aber sicher legte sich der Schlaf über die Sorgen der Zukunft, und Liz döste ein.

„Sie können hier nicht bleiben“, rief eine strenge Stimme.

„Bitte?“, sagte Liz, als sie aus dem Halbschlaf erwachte und orientierungslos um sich blickte.

„Sie können hier nicht bleiben“, wiederholte die Stimme.

„Ich warte nur auf meine Freundin“, erwiderte Liz, als sie die Person hinter der Stimme anblickte. Es war Helga, die Aufseherin des Campus. Diese Frau hatte Liz schon so einige Nerven gekostet. Sie führte den Campus wie ein General und war wie besessen davon, dass sich die Studenten an alle möglichen Regeln hielten. Nie im Leben würde sie Liz hier im Flur schlafen lassen.

Also packte Liz langsam ihre Sachen und ging runter in die Lobby. Zum Glück folgte Helga ihr nicht sofort, also wartete sie unten noch ein wenig in der Hoffnung, dass Bella bald heimkommen würde.

Gegen 3 Uhr sah Liz ein Taxi vorfahren, und sie wusste sofort, dass Bella drinsitzen musste. Es gab kaum andere Studenten, die gegen die Nachtruhe verstoßen und erst um 3 Uhr morgens heimkehren würden. Aber für Bella schienen auch andere Regeln zu gelten als für normale Studenten.

„Liz, oh mein Gott! Was ist dir denn passiert?“

Einen kurzen Moment lang wusste Liz nicht, wovon Bella sprach. Doch dann erinnerte sie sich an den Schnitt in ihrem Gesicht. Sie fühlte mit der Hand, wie stark die Wunde mittlerweile angeschwollen war. Es fühlte sich an, als wäre diese Wange doppelt so dick wie die andere.

„Oh, es geht mir gut. Matt und ich haben uns gestritten.“

„Was? Und er hat dich geschlagen? Ich bring den Kerl eigenhändig um!“ Bella war zwar ein zierliches Ding, aber Liz vermutete, dass sie Matt tatsächlich fertig machen würde, wenn sie es wirklich wollte.

„Nein, so war es nicht. Ich bin an ein Bild an der Wand gestoßen und die Scherben haben mich geschnitten.“ Natürlich hätte Liz es auch so aussehen lassen können, als hätte Matt ihr das angetan, aber diese Art von Mensch war sie nicht. Egal, wie schwierig es auch in ihrem Leben war, sie versuchte immer, bei der Wahrheit zu bleiben.

Liz konnte sich noch gut daran erinnern, wie ihre Mutter immer zu ihr gesagt hatte „Wenn du auch nichts anderes mehr auf der Welt hast, du wirst immer deine Ehrlichkeit haben.“ Sie sagte das nur wenige Monate, bevor sie an Krebs verstarb.

„Na gut, wie du meinst.“ Bella kam die ganze Sache nicht geheuer vor, aber sie fragte auch nicht weiter nach.

„Ich kam hier her, weil ich nirgendwo anders mehr hinkann, Bella. Aber Helga hat mich bereits gesehen und rausgeschmissen." Liz merkte, wie die Verzweiflung in ihr hochstieg. Es war zu kalt, um draußen zu schlafen.

„Scheiße. Ich weiß nicht, was ich dazu sagen soll."

„Es ist okay. Vielleicht kann ich im Aktenraum auf der Arbeit schlafen?" Liz fand, dass das tatsächlich keine schlechte Idee war. Dort würde es warm sein und sie würde niemanden stören, zumindest auf einem Sonntag.

„Du kannst nicht im Aktenraum schlafen, das ist verrückt."

„Aber wo dann? Ich darf nicht hierbleiben. Ich kann nicht zurück zu Matt."

„Schlaf in meinem alten Schlafzimmer in meinem Elternhaus", sagte Bella mit einem Lächeln, während sie den Haustürschlüssel aus ihrer Tasche zog.

„Bella. Nein. Wir haben darüber gesprochen."

„Lass uns bitte vernünftig sein, Liz. Mein Vater sagte doch sowieso, dass er diese Woche nach Boston fährt, oder?" Bella hatte dieses teuflische Grinsen im Gesicht, das sie immer bekam, wenn sie etwas anstellen wollte.

„Ja." Liz wusste nicht, wohin das jetzt führen sollte, aber Bellas Lächeln konnte man nur schwer entrinnen.

„Also bleibst du einfach nur die Woche über dort. Es ist

perfekt. Du kannst in Ruhe deine Angelegenheiten regeln und hast ein Dach über dem Kopf."

„Hmm…" Liz versuchte, sich einen guten Grund auszudenken, um abzulehnen, aber die Idee hörte sich tatsächlich nicht so übel an.

„Siehst du, es ist brillant! Ich bin brillant! Jetzt lass mich dir ein wenig Taxigeld geben, damit du rüberfahren kannst." Bella drückte ihr vierzig Dollar und die Haustürschlüssel in die Hand, bevor Liz auch nur den Mund aufmachen konnte.

„Okay. Wenn du dir sicher bist, dass dein Vater unterwegs ist."

„Natürlich, du Dummerchen. Er eröffnet das neue Büro in Boston. Ich bin mir sicher."

„Na gut, ich glaube ich könnte in deinem Zimmer schlafen, bis er zurückkommt. Du sagst mir Bescheid, sobald du von ihm hörst, dass er auf dem Rückweg ist. Ich will ihn nicht in eurem Haus treffen."

„Natürlich! Ich werde ihn täglich anrufen, um die Lage abzuchecken. Jetzt geh schon." Bella umarmte Liz und machte sich auf in ihr Zimmer. Liz hingegen machte sich auf an die Upper East Side zu Bella Wellingtons Elternhaus.

## Kapitel 6

„Ich bin eine Freundin von Isabella Wellington“, sagte Liz zu dem Türsteher, als sie das Anwesen an der Upper East Side erreichte.

„Jawohl Ma’am“, antwortete er höflich.

„Sie gab mir die Schlüssel. Ich bleibe die Nacht über.“ Liz zog den Schlüssel aus der Tasche und zeigte ihn vor.

„Ja, Ma’am. Gehen Sie rein.“ Er öffnete Liz die Tür und bedeutete ihr, einzutreten. Vielleicht lag es an ihrem Gesicht und den Taschen, die sie bei sich hatte, dass ihre Geschichte so glaubwürdig klang. Aber egal woran es letztendlich lag, Liz war dankbar dass der Mann sie nicht mit Fragen gelöchert hatte.

Alles, an was sie denken konnte, waren eine warme Dusche und ein weiches Bett.

Als sie durch die Tür schritt, stockte Liz kurz der Atem. Die Einrichtung war beeindruckend. Das letzte Mal, als Liz hier gewesen war, hatte sie sich so sehr darauf konzentriert, Augenkontakt zu Harrison zu vermeiden, dass sie sich kaum Zeit genommen hatte, um sich überhaupt einmal richtig umzusehen.

Moderne Möbel waren in jedem Raum zu finden. Nicht

ein Teil wirkte, als ob es fehl am Platz wäre. Eigentlich sah es so aus, als würde hier überhaupt niemand leben, so geleckt war alles. Es wirkte hier fast wie in einem möblierten Appartement, das zur Vermietung ausgeschrieben war. Alles war brandneu, nichts wirkte benutzt oder abgewohnt.

Liz zog ihre Schuhe aus und stellte ihre Taschen an der Eingangstür ab, bevor sie sich weiter umschaute.

Sie ging in die Küche und öffnete den Kühlschrank, um nachzuschauen, was sich darin befand. Allerdings handelte es sich nicht um einen normalen Kühlschrank, sondern erinnerte mehr an ein begehbares Kühlhaus aus einem Restaurant. Doch trotz der enormen Größe befand sich kaum etwas Essbares im Inneren.

Liz lugte in eines der herausziehbaren Fächer und fand eine große Auswahl an Softdrinks und Bier. Sie nahm sich eine Flasche, während sie den Rest der Küche und des Hauses erforschte.

Dort war eine Tür neben dem Kühlschrank, die sich als der Traum eines jeden Kindes entpuppte: Dahinter waren alle nur mögliche Arten von Junk-Food versteckt. Chips, Cracker, Kekse und andere Süßigkeiten in fast jeden Regal. Harrison stand anscheinend auf Süßes!

Liz trank ihr Bier auf, während sie Schrank für Schrank durchstöberte. Als sie fertig war, öffnete sie sich noch ein Bier und inspizierte das Wohnzimmer.

Überall gab es Bilder von Harrison und Bella. Die beiden in Paris, in Berlin und sogar auf der Chinesischen Mauer. Liz mochte älter sein als Bella, aber sie war noch längst nicht so viel rumgekommen wie ihre Freundin.

Liz leerte auch ihr zweites Bier und öffnete direkt das Nächste. Zu diesem Zeitpunkt kam es ihr wie eine hervorragende Idee vor, sich einfach nur zu betrinken.

Kurz darauf war sie damit beschäftigt, sich in Harrisons Schlafzimmer umzusehen. In seinem riesigen Kleiderschrank waren die unglaublich gut geschnittenen Anzüge der Farbe nach sortiert.

Dann öffnete sie die Schubladen. Sockenschublade, T-Shirt-Schublade, und schließlich die Nachttischschublade.

Als sie diese geöffnet hatte, hielt Liz inne. In der Schublade fand sie eine große Auswahl an Kondomen, alle Sorten und Geschmäcker die man sich nur vorstellen konnte. Auch Spielzeug lag dort drinnen. Harrison hatte eine Augenbinde, Federn, Handschellen und Gleitgel.

Schnell schloss sie die Schublade wieder. Sie merkte, wie sie peinlich berührt rot anlief. Oder vielleicht lag das auch an den drei Bier, die sie mittlerweile intus hatte. Sie hatte schon seit langer Zeit nicht mehr getrunken, nicht mal, wenn sie mit Bella feiern gewesen war.

Auf jeden Fall war es jetzt an der Zeit, eine Dusche zu nehmen und dann ins Bett zu gehen. Zuvor musste sie sich aber noch von dem getrockneten Blut befreien und ihre Einschnitte säubern, die von den Scherben des Bilderrahmens stammten.

Das Bad in der Nähe von Bellas Zimmer war wie für sie gemacht. Es war voll von Blumen und pinken Accessoires. Normalerweise hätte Liz sich lustig gemacht über Bellas Tussenhaftigkeit, aber sie war einfach zu müde.

Als sie aus ihren Klamotten schlüpfte, bemerkte sie, dass sich wesentlich mehr Blut auf den Sachen befand als sie angenommen hatte. Liz legte die Sachen neben die Tür und stellte das Wasser der Dusche auf extra-heiß.

Das Wasser fühlte sich fantastisch auf ihrem Rücken an, und Liz ließ es einige Minuten ihre schmerzenden Muskeln massieren. Wie sie so da stand, fegten ihr die Gedanken durch den Kopf.

Wie war sie nur an diesem Punkt in ihrem Leben angelangt? Sie war obdachlos. Niemand bis auf ein paar Freunde scherte sich um sie. Kein Matt. Keine Familie. Es dauerte nicht lange, bis ihr die Tränen das Gesicht runterliefen.

Liz konnte sich nicht mehr auf den Beinen halten. Ihr Körper war erschöpft, emotional war sie ebenfalls am Ende und der Alkohol tat sein Übriges. Das warme Wasser sorgte für zusätzliche Müdigkeit. Liz wollte es abstellen und ins Bett gehen, aber gerade erschien es ihr schon eine Herkulesaufgabe zu sein, überhaupt aufzustehen.

Ihre Gefühle überwältigen sie vollkommen, während sie

auf dem Boden der Dusche saß. Die Tränen wollten nicht aufhören zu fließen. Das passte so gar nicht zu ihr, sie wurde eigentlich nie emotional. Doch heute Abend war alles anders. Sie hielt es einfach nicht mehr aus, Liz zu sein. Alles was sie wollte, war ein Leben wie Bella zu haben. Ein einfaches Leben. Mit einem schönen Appartement, in dem sie ihre Familie besuchen konnte. Eine Mutter, die noch am Leben war oder ein Vater, der sich um sie kümmerte. Alles außer ihr eigenes Leben.

„Hallo?“, brüllte eine Männerstimme von außerhalb des Badezimmers, aus dem Flur.

Wer konnte das sein? Vielleicht der Türsteher vom Eingang. Vielleicht hatte Liz irgendwas aus ihren Taschen verloren, als sie hineingegangen war.

„Ähm… hallo“, sagte Liz zögerlich.

„Isabella?“

„Nein.“ Oh nein. Oh Gott. Oh Scheiße. Es war Harrison!

„Elizabeth? Sind Sie das?“, fragte Harrison, der jetzt direkt vor der Badezimmertür stand.

Liz wollte gerade ja sagen, doch als sie aufstand, verlor sie das Gleichgewicht in der Dusche und rutschte wieder auf den Boden. Die Kombination von Alkohol, ihrem Gefühlschaos und dem nassen Boden schickten sie unsanft zurück auf die Fliesen. Sie schrie laut auf, als sie sich auch noch den Kopf an der Wand anschlug.

„Verdammt, sind Sie okay?“ fragte Harrison, als er die Tür aufbrach. „Was zur Hölle ist hier passiert?“ Er stand nun in der Tür und blickte entsetzt auf den Stapel blutiger Kleidung auf dem Fußboden.

„Ich bin okay. Ich bin nur hingefallen, als ich aufstehen wollte.“

„Nein, was zum Teufel ist denn mit Ihren Sachen passiert? Sie sind voller Blut!“ Harrison war verärgert. Nicht weil Liz in seinem Haus war oder weil sie dort die Dusche benutzte. Er war sich sicher, dass Liz etwas Schreckliches zugestoßen sein musste und sorgte sich aufgrund ihres Sturzes in der Dusche.

Als er ihre Silhouette in der Dusche sah, versuchte sein Körper allerdings diese Sorge mit anderen Gedanken zu verdrängen, denn die Rundungen der besten Freundin seiner Tochter waren definitiv erregend.

All ihre Kraft zusammennehmend stand Liz auf und lugte aus der Duschtür heraus. Es war eine solide Glastür, doch das Milchglas sorgte dafür, dass man nicht nach innen schauen konnte. Trotzdem zeichnete sich ihre Silhouette ab, was ihr aber nicht bewusst war. Das erste Mal seit sehr langer Zeit schaute sie Harrison in die Augen.

„Es geht mir gut. Lassen Sie mir etwas Zeit um mich anzuziehen, dann erzähle ich Ihnen, was passiert ist“, sagte sie mit dem besten falschen Lächeln, zu dem sie momentan im

Stande war.

Harrison stand nur da. Er konnte sehen, dass Liz geweint hatte. Die Klamotten auf dem Boden waren voller Blut und ihr Gesicht sah aus, als sei sie geschlagen worden. In seinem Kopf überschlugen sich die Gedanken.

„In Ordnung“, murmelte er schließlich und verließ das Badezimmer.

## Kapitel 7

Liz merkte, wie der Alkohol immer mehr seine Wirkung entfaltete. Sie schlug sich ein großes Handtuch um den Körper und ein zweites um ihre Haare. In ihrer Eile, endlich eine Dusche zu nehmen, hatte sie vergessen, frische Wäsche aus ihrer Tasche zu nehmen. Sich wieder die alten, blutbeschmierten Sachen überzuziehen war keine besonders reizende Vorstellung, also entschied sie sich ihre Tasche zu holen.

Sie schaute vorsichtig aus der Tür heraus und ging in Richtung des Wohnzimmers. Da sie Harrison nirgendwo sehen konnte, huschte sie zum Eingang und holte ihre Sachen.

„Also geht es Ihnen gut?“, fragte Harrison von einem Stuhl im Wohnzimmer aus.

„Ja. Es sieht schlimmer aus als es ist.“

„Das bezweifele ich.“ Harrison stand von seinem Stuhl auf und ging näher zu Liz. Er begann damit, ihr Gesicht näher zu begutachten. Dann nahm er ihren Arm und schaute sich die Schnittwunden an.

„Wirklich, es geht mir gut“, sagte Liz. Plötzlich fiel ihr ein, dass sie nur zwei Handtücher trug, während Harrison sie berührte.

„Liz. Sie sehen überhaupt nicht gut aus. Tatsächlich sollten sie lieber ins Krankenhaus“, sagte Harrison so bestimmend, dass Liz dachte, er würde sie gleich ins Auto einladen und direkt zum Arzt bringen.

„Lassen Sie mich kurz ein paar frische Sachen anziehen. Ich erzähle dann, was passiert ist. Ich brauche kein Krankenhaus.“

Harrison legte seine Hand sanft auf ihre Wange. Seine Berührung, kombiniert mit seinem Gesichtsausdruck, ließ Liz‘ Körper erzittern. Er sah so besorgt aus.

„Haben Sie denn saubere Kleidung? Bella hat sonst auch was in ihrem Zimmer.“

„Ja, habe ich.“ Liz bückte sich, um nach ihrer Tasche zu greifen und ihre Klamotten zu durchwühlen.

Harrison atmete tief ein. Liz streckte ihren Arsch nur wenige Zentimeter vor ihm aus. Er trat einen kleinen Schritt zurück um den Anblick noch mehr zu genießen. Ihm war bislang nie aufgefallen, wie attraktiv Liz eigentlich war. Natürlich hatte er gemerkt wie klug und vernünftig sie war, aber wie konnte ihm nur diese unglaubliche Figur entgangen sein?

Sein Schwanz begann sich zu melden, als er sich vorstellte, in ihren Arsch einzudringen. Oh, es war so lange her, dass er mit einer Frau zusammen gewesen war. Schnell ging er zurück zu seinem Stuhl, weg von Liz. Er wollte nicht sehen, dass sie mitbekam, wie erregt er war, nur weil sie sich einmal nach vorne beugte.

„Bin gleich wieder da“, sagte Liz mit ihren Klamotten auf dem Arm, als sie wieder in Richtung des Bades ging.

Als sie wiederkam, zeigte sich, dass es ihr tatsächlich nicht so schlecht ging. Das Lächeln auf ihrem Gesicht wirkte echt, und sie gab sich größte Mühe Harrison zu beruhigen, was seine Sorgen um sie betraf.

„Dann erzählen Sie mal“, sagte Harrison.

Liz erzählte die ganze Geschichte von Anfang an. Sie erzählte von Matt und der Szene im Club, von dem Mädchen in ihrer Wohnung, der zerstörten Schminke auf dem Fußboden und dem zerbrochenen Bild, das für ihre Verletzungen verantwortlich war. Während des Gesprächs schaffte sie es irgendwie, Harrison die ganze Zeit in die Augen zu sehen und mit ihm zu sprechen, als wären die beiden alte Freunde. Und das alles, ohne rot zu werden.

Liz saß auf der Couch und trug eine alte Shorts mit einem weißen T-Shirt. Ihr immer noch nasses Haar tropfte die ganze Zeit auf ihr Shirt, da sie sich vorher nicht geföhnt hatte.

Während sie so erzählte, konnte Harrison den Blick nicht von ihr abwenden. Sie war atemberaubend. Selbst mit den Schnittverletzungen und blutunterlaufenen Augen war er begeistert von ihr. Wie sie die Geschichte mit ihrem Freund erzählte. Wie sie nicht theatralisch versuchte, Mitleid zu erregen. Im Gegenteil, sie ging bemerkenswert abgeklärt mit allem um.

Harrison konnte nicht anders, als dabei zuzusehen, wie ihr nasses Haar das T-Shirt mit Wasser tränkte. Die Schultern waren schon fast durchsichtig vor Feuchtigkeit, und er war sich sicher, dass das auch für den Rest des Shirts gelten würde, wenn sie noch länger erzählte.

„Warten Sie mal. Warum haben Sie diesen Matt nicht schon vorher verlassen?“ Harrison versuchte sich von dem T-Shirt abzulenken und platzte mit der Frage heraus. Er konnte sich tatsächlich nicht erklären, warum ein Mädchen wie Liz sich mit solch einem Loser abgegeben hatte.

„Manchmal hat man keine andere Wahl“, erwiderte Liz.

„Man hat immer eine Wahl“, antwortete Harrison.

„Naja, jemand wie Bella vielleicht. Ich selbst habe nicht die Wahl.“ Liz spürte, wie Harrisons Augen auf ihr ruhten, und sie war versucht wegzuschauen.

„Warum das? Warum sollten Sie keine Wahl haben?“ Er war verwundert von so einer Aussage. Jeder Mensch hatte eine Wahl.

„Ich habe keine Familie. Ich bezahle meine Studiengebühren mit dem Gehalt von zwei Nebenjobs. Ich brauchte eine Bleibe. Und dafür brauchte ich Matt.“

„Also gibt es niemanden, der sich um Sie sorgt?“

„So ist es. Nur mich selbst.“ Liz stand auf. „Aber Sie müssen sich nicht um mich sorgen. Ich kann mir einen anderen

Ort suchen, an dem ich erstmal bleibe – jetzt, wo Sie wieder zu Hause sind."

Liz wollte losgehen, aber Harrison fasste sie am Arm.

„Nein", sagte er, während er vom Stuhl aufstand. Er stand nun direkt vor Liz und schaute in ihre Augen. „Du wirst hier bleiben."

„Es ist okay, Mr. Wellington. Ich wollte nur hierbleiben, weil Sie unterwegs waren. Ich kann gehen." Liz schaute wieder zu Boden. Es war hart, in diese blauen Augen zu schauen, ohne dass sie erneut feucht werden würde, dieses Mal allerdings an anderer Stelle.

„Harrison. Nenn mich bitte Harrison. Und nochmal: Nein. Du bleibst. Es ist mitten in der Nacht."

Vielleicht war es sein Blick. Vielleicht war es die Art und Weise, wie er ihre Hand hielt, nachdem er aufgestanden war. Sie konnte es nicht genau sagen, aber irgendetwas ließ ihr in diesem Moment wieder die Tränen in die Augen schießen. Ihre taffe Fassade bröckelte, und ihre Knie knickte unter ihr weg, als die Emotionen der gesamten Nacht sie überwältigten.

Harrison griff schnell um ihre Hüfte, um sie zu stützen.

„Es ist okay", sagte er, woraufhin Liz ihren Arm um ihn legte und schluchzte. Vor Erschöpfung, vor Dankbarkeit, vor Freude. Es war Jahre her, dass sie sich wirklich sicher bei jemandem gefühlt hatte. Und hier war Harrison nun: Stark, sexy, liebevoll. Er war besorgt um sie und ob es ihr gut ging.

# Kapitel 8

Das nasse T-Shirt an seiner Haut war zu viel für Harrison. Ihr Körper presste sich an seinen. Ihre Arme umschlungen seinen Hals. Er merkte, wie das Verlangen in ihm pulsierte. Langsam griff er nach Liz' Kinn und hob es ein wenig an, so dass sie sich gegenseitig in die Augen schauten.

Ohne weiter darüber nachzudenken, küsste Harrison Liz.

Ihre Lippen waren weich und gleichzeitig fest, da sie den Kuss erwiderte. Behutsam öffnete er ihre Lippen mit seinen und ließ seine Zunge in sie hineingleiten. Der Gedanke daran, dass es Harrison Wellington war, der sie gerade küsste, überdauerte nur einen kurzen Moment, bis die Leidenschaft von Liz Besitz ergriff.

Noch nie hatte ein Mann sie so geküsst. Ein starker, attraktiver, richtiger Mann.

Liz ließ ihre Hände die Muskeln auf seinem Rücken erforschen, um dann weiter nach unten unter sein Hemd zu greifen und die wohldefinierten Rundungen zu streicheln. Es passierte tatsächlich. Es war echt. Liz konnte nicht glauben, was hier gerade vor sich ging. Aber eines war sicher: Sie wollte auf keinen Fall damit aufhören.

„Es tut mir leid", sagte Harrison, als er sich von Liz löste.

Liz bewegte sich nicht. Es tat ihr nicht leid. Leidenschaftlich sah sie ihn, sie fühlte sich noch wie in Trance. Zum Teil war sie sich nicht sicher, ob das hier nicht vielleicht doch ein Traum war. Wenn das der Fall sein sollte, dann wollte sie auf keinen Fall wieder aufwachen.

„Mir tut es nicht leid", sagte Liz, während sie sich sanft mit der Zunge über ihre Lippen strich.

Harrison sah an ihr herab und bemerkte, wie ihre perfekten, runden Nippel durch das klitschnasse T-Shirt drückten.

Das reichte, um den Rest seiner Selbstbeherrschung zu pulverisieren. Er umschlang Liz' Hüften und zog sie nah an sich heran. Er ließ seine Lippen kurz über ihren Mund gleiten, nur um direkt danach ihren Nacken zu liebkosen. Liz konnte nicht anders als ein lautes Stöhnen von sich zu geben. Seine Hände auf ihrem Körper fühlten sich so unglaublich gut an, es war, als hätte er die komplette Kontrolle über sie. Seine Lippen in ihrem Nacken elektrisierten sie bis in den letzten Nerv ihres Körpers.

Harrison griff das nasse Shirt und zog es ihr aus, um es dann wuchtig gegen die Tür zu schleudern. So, wie es ein richtiger Mann tat. Er war kein Junge, der Probleme mit seinem Ego hatte. Harrison war ein Mann der wusste, was er wollte, und jetzt gerade wollte er Liz.

Er fing an sich Hemd aufzuknöpfen, während er Liz anblickte. Sie schaute schnell auf den Boden.

„Warum tust du das?“, fragte er, als er das bemerkte.

„Ich weiß es nicht“, antwortete sie, immer noch nach unten starrend.

„Ich mag es, wenn du mich anschaust“, sagte er, und Liz blickte langsam wieder nach oben. In ihren Augen lag eine Mischung aus Traurigkeit und gleichzeitig auch Anmut. Sie war unschuldig, und hatte doch auch eine harte Seite.

Als er sein Hemd aufgeknöpft hatte, zog er Liz wieder an sich heran. Dieses Mal hob er sie vom Boden hoch und schlang seine Arme um sie. Instinktiv klammerte Liz ihre Beine um seine Hüfte.

Sie schaute ihm direkt in die Augen, während er sie durch den Flur ins Schlafzimmer trug. Die Erregung, die ihn bei Liz übermannte, hatte er so noch nie gespürt. Er sah aus wie ein Mann, der sie mit Haut und Haaren wollte. Ein Mann, der seit Wochen nicht gegessen hatte, und jetzt sein Festmahl sah.

Als er sie auf sein Bett legte, zog er ihr langsam die Shorts aus und küsste sie dann entlang ihrer inneren Oberschenkel. Liz atmete tief ein, je höher er sich an ihrem Bein entlang arbeitete. Sanft erkundete er jeden Zentimeter um die perfekte Stelle zu finden und sie heiß zu machen.

Seine langsamen Bewegungen wurden schneller, als er merkte, wie Liz ihre Oberschenkelmuskeln anspannte. Da war er also, der perfekte Punkt.

Seine Hände hielten ihre Schenkel sanft im Griff,

während seine Zunge dafür sorgte, dass sie immer schneller atmete. Liz packte in sein leicht gewelltes Haar und ließ einen weiteren, tiefen Atemzug entweichen, gefolgt von einem leidenschaftlichen Stöhnen. Und noch einem.

Schon bald versuchte er, auch ihr Stöhnen immer weiter zu beschleunigen. Erst nur mit seiner Zunge, dann ließ er auch seinen Mittelfinger in sie hineingleiten.

„Oh Gott", murmelte Liz, als seine Zunge in perfekter Harmonie mit seinem Finger ihre Arbeit verrichtete.

Harrison konnte nicht anders. Anzusehen, wie ihr Körper sich anspannte. Anzuhören, wie sie vor Lust stöhnte. Etwas, das er schon sehr lange nicht mehr gehört hatte. Und oh ja, er wollte mehr davon hören. Er wollte sehen, wie sich ihr Körper vor ihm vor Freude wandte, wenn er sie kommen ließ.

Liz konnte spüren, wie die Erregung sich immer weiter steigerte. Ihre Hüften drückten sich gegen seine Zunge. Sie wollte die Explosion spüren. Liz packte fester in sein Haar und drückte seinen Kopf genau dorthin, wo sie ihn haben wollte.

Harrison liebte es.

Er machte es ihr noch schneller, härter und fester. Dann spürte er es. Liz hörte auf, sich so schnell zu bewegen, stattdessen wurde ihr Griff in seinem Haar noch fester. Ihre Hüften schossen steil nach oben in die Luft.

„Oh Gott! Oh Gott!", schrie sie, als die Wellen des Orgasmus durch sie hindurchrollten.

Genau als das passierte, ließ Harrison noch einen zweiten Finger in sie hineingleiten. Ihr Körper explodierte förmlich. Ihre Muskeln spannten sich an, ihre Hüften drückten noch härter gegen ihn. Doch Harrison hörte nicht auf. Er zog ihre Klitoris in seinen Mund und liebkoste sie erneut, so dass der Orgasmus sie wieder erzittern ließ.

Das war es, was Harrison vermisst hatte. Die Leidenschaft. Die Bereitschaft, sich fallen zu lassen.

# Kapitel 9

Der Schlaf war eine reine Wohltat, so erschöpft wie die beiden gewesen waren. Harrison war nach Boston hin und zurück geflogen, ohne dabei auf den Flügen arbeiten zu können, da er die dafür erforderlichen Unterlagen in seinem Haus gelassen hatte. Liz hatte den wohl längsten Tag ihres Lebens hinter sich.

Als die Sonne aufging, rollte Liz sich rüber und legte ihren Kopf auf Harrisons Brust. Während sie so weiter döste, war Harrison schon wach. Er brauchte selten mehr als vier bis fünf Stunden Schlaf.

Harrison betrachtete Liz dabei, wie sie friedlich an seinen Körper geschmiegt war. Er dachte darüber nach, sie aufzuwecken, doch er konnte es nicht übers Herz bringen. Sie sah immer noch so erschöpft aus – er vermutete, sie könnte noch den ganzen Tag schlafen, nach dem, was sie gestern alles durchgemacht hatte.

Ihre helle Haut wurde im Gesicht von unschönen dunkelblauen Flecken überzogen. Auch wenn der Schnitt schon anfing zu heilen, klebte immer noch verkrustetes Blut daran. Harrison entschied sich, einfach noch ein wenig mit ihr hier liegen zu bleiben. Schließlich döste auch er wieder ein.

Als Liz aufwachte und bemerkte, dass sie mit dem Kopf auf Harrisons Brust lag, legte sich ein Lächeln auf ihr Gesicht. Oh ja, dachte sie. Es ist wirklich passiert.

Mit ihrer Hand erforschte sie die Region unter der Bettdecke, immer weiter südlich bis hin zu Harrisons Glied. Oh Gott ja! Liz konnte nicht anders, sie hob die Decke ein wenig an und riskierte einen Blick.

Das reichte, um sie schlagartig wach werden zu lassen. Die gesamte Müdigkeit schien wie verflogen, auch ihre Prellungen und Schnittwunden spürte sie kaum noch. Stattdessen wollte sie etwas anderes spüren: Seinen harten Schwanz tief in ihr drin. Nach dem zu urteilen, was er gestern mit seiner Zunge in der vergangenen Nacht angestellt hatte, würde das noch besser werden.

Sanft ließ sie ihre Hand an seinem Schaft auf und abgleiten. Sie merkte, wie er von ihren Berührungen hart wurde, dann hob sie ihren Kopf und blickte ihn an. Er war ebenfalls wach und schaute sie an.

Liz musste laut loslachen, als sie seinen Gesichtsausdruck sah.

„Es kommt nicht oft vor, dass ein Mädel lacht, wenn sie mein Ding in der Hand hält“, scherzte Harrison. Dann nahm er sie in die Arme und setzte sie auf sich drauf, so dass sein Schwanz sich gegen sie drückte, aber nicht in ihr war. Noch nicht.

„Ohhh..." stöhnte Liz.

Sie beugte sich hinunter und küsste Harrison, dessen Hände ihren Arsch fassten und stramm gegen sein Gemächt drückten. Er begann damit, sie sanft auf sich hin und her zu schieben. Liz spürte, wie hart er war. Sie wollte ihn in sich. Jetzt. Doch Harrison hielt sie so fest, dass sie ihre Hüften nicht heben konnte.

Er griff hinüber zu seinem Nachttisch und holte ein Kondom aus der Schublade.

Liz ließ ihre Lippen in seinen Nacken wandern und küsste ihn zärtlich.

„Wie fühlst du dich?", flüsterte Harrison, während Liz weiter seinen Nacken liebkoste.

„Ich fühle mich gut. Sehr gut."

Harrison schob eine Hand unter ihre Klitoris, und begann sie zu massieren. Seine Finger drangen in sie ein, und er spürte, wie feucht sie war. Dann drückte er wieder gegen ihre empfindlichste Stelle, woraufhin sie lustvoll stöhnte.

„Und dein Kopf? Ist er okay?", fragte Harrison, während er weiterhin mit seinen Fingern dafür sorgte, dass sich Liz' Erregung noch weiter steigerte.

„Ja… ohhh… ja. Es geht ihm gut." Liz konnte nicht mehr. Sie löste sich aus Harrisons Griff und nahm seinen steifen Schwanz in die Hand, er fühlte sich unglaublich an.

Dann öffnete sie die Verpackung und streifte ihm das Kondom über, um sich direkt danach auf ihn zu setzen und ihn in sich eindringen zu lassen.

Sie begannen, sich im Rhythmus zu bewegen. Harrison hielt wieder Liz‘ Hüften, während er immer wieder in sie eindrang. Liz stützte sich auf seiner Brust ab und hatte die Augen geschlossen, um ihn noch besser zu spüren. Als sie die Augen öffnete, blickte sie ihn direkt an – ein emotionaler Moment, in dem die Leidenschaft geradezu greifbar war. So etwas hatte Liz noch nie erlebt, und sie hätte sich nie vorgestellt, dass dies einmal mit Harrison der Fall sein würde. Sie hatte bislang immer nur auf sein äußeres Erscheinungsbild geachtet, ohne wirklich zu erkennen, wer er eigentlich war. Doch in diesem Moment konnte sie ihn voll und ganz spüren. Mit jedem Mal, das er in sie eindrang, spürte sie seine Leidenschaft, seine Überzeugung, seine Stärke.

Der Schweiß lief ihnen beiden runter, ohne dass sie es merkten. Ihre Körper waren voll und ganz in dem Moment gefangen. Liz stöhnte immer lauter, je härter Harrison in sie hineinstieß. Sie spürte, wie sich ihr Höhepunkt näherte, während Harrison sie fest umfasste. Ihre Hüften drückten sich noch stärker an ihn, während sie auf und abritt.

„Komm für mich“, stöhnte Harrison.

Liz hatte genau das vor, während sich ihr Körper vor Lust zusammenzog. Gleich war sie soweit.

„Liz? Liz, bist du hier?“ brüllte Bella aus dem Flur.

Sofort hörten Liz und Harrison auf sich zu bewegen und kamen wieder in der Realität an. Harrison hatte gerade Sex mit der Freundin seiner Tochter.

„Scheiße.“ Das Wort kam ihm über die Lippen bevor er es überhaupt merkte. Schnell lösten sich die beiden voneinander und fingen an, ihre Klamotten einzusammeln.

Harrison schaffte es, einige Sachen aus seinem Schrank zu ziehen, während Liz nur ihre Shorts überziehen konnte. Ihr Shirt lag immer noch am anderen Ende des Zimmers, nachdem sie es in der Nacht zuvor dort hingeschleudert hatte, als sie mit Harrison rumgemacht hatte.

„Scheiße, Scheiße, Scheiße“, sagte Harrison erneut.

„Liz, bist du wach?“, schrie Bella aus der Küche. „Ich werd dir was zu essen machen“, sagte sie, während sie anfing, nacheinander in die Zimmer zu blicken.

„Ich geh raus. Versuch du es in Bellas Zimmer zu schaffen.“ Harrison umarmte Liz und gab ihr einen letzten, leidenschaftlichen Kuss. Dann ging er direkt in die Küche.

„Nun, dort findest auf jeden Fall kein Essen“, sagte er, während er seine Tochter begrüßte. Dabei drehte er sich so um, dass sie mit dem Rücken zum Flur stand, wenn sie ihn ansehen wollte.

„Daddy! Was machst du denn hier?“, fragte Bella

überrascht.

„Naja, ich war zwar in Boston, hatte aber wichtige Dokumente vergessen. Also musste ich zurück. Ich war gestern Nacht spät wieder da." Harrison lenkte Bella weiter ab, während Liz aus seinem Schlafzimmer schlich und den Flur runter in Bellas Zimmer huschte.

Als sie dort ankam, durchwühlte sie Bellas Kleiderschrank und fand ein Shirt, welches ihr passte. Liz hatte wesentlich größere Brüste als ihre Freundin, daher war es nicht selbstverständlich, dass sie etwas gefunden hatte, das ihr wirklich passte.

Sie hörte, wie Bella mit ihrem Vater darüber sprach, was Liz zugestoßen war.

„Ich bin mir ziemlich sicher, dass ihr Freund sie geschlagen hat", sagte Bella besorgt. „Sie sagt es sei ein Unfall mit einem Bilderrahmen gewesen. Aber Matt ist ein riesen Idiot. Ich bin mir sicher, dass er es war."

„Als ich hier ankam, hat Liz bereits geschlafen. Sie ist dann aufgewacht, als ich sie gefunden habe, und hat mir dann erzählt, was gestern geschehen ist. Sie sagt, dass sie okay ist", erwiderte Harrison, während er ein Fertiggericht in die Mikrowelle stellte.

„Das sagt sie immer. So ist sie nun mal. Aber hast du dir mal ihr Gesicht angesehen? Sie ist nicht okay."

„Okay, Liebling. Wir können mit ihr beim Frühstück

darüber sprechen." Harrison war innerlich erleichtert, dass Liz es in Bellas Zimmer geschafft hatte, ohne gesehen zu werden.

„Ich werd mal nach ihr sehen". Bella ging durch den Flur zu ihrem Zimmer und klopfte.

Liz öffnete die Tür und tat so, als sei sie noch halb am Schlafen. Ihre Haare sahen jedenfalls garantiert so aus, als wäre sie gerade aufgestanden.

„Oh Mann! Schau dir dein Gesicht an!", platzte es aus Bella heraus, als sie ins Zimmer kam. Dann zog sie Liz vor einen Spiegel.

„Naja, vorher sah ich auch nicht so viel besser aus", scherzte Liz. Trotzdem tastete sie sanft mit ihren Fingern die Blutergüsse und Schwellungen ab.

„Liz. Es sieht schrecklich aus. Du solltest zum Arzt."

Liz konnte nicht anders, sie musste lachen. Wenn Bella nur wüsste, wie gut Liz sich gerade fühlte. Sie musste ganz sicher nicht ins Krankenhaus oder zu einem Arzt. Sie musste wieder ins Bett mit Harrison.

Liz musste wieder daran denken, wie gut sich sein Schwanz zwischen ihren Schenkeln angefühlt hatte. Sie musste ihn wieder in sich spüren. Am besten schon sehr bald. Ihre Gedanken wanderten zu seiner Zunge in ihr, zu seinen Händen auf ihrem Körper. Das Gefühl, wie er in sie eindrang. Auch wenn es ganz sicher nichts war, das Liz geplant hatte – jetzt, wo es passiert war, wollte sie, dass es wieder und wieder passieren würde. Es war fast so, als wären ihre Körper füreinander bestimmt. Ihre Leidenschaft, die ganze Chemie ergab eine perfekte Kombination.

„Bella, es geht mir gut. Lass uns etwas essen, bevor ich verhungere“, sagte Liz und ging in Richtung der Küche. Als sie dort ankam, zwinkerte Harrison ihr kurz zu und gab ihr einen Daumen hoch. Es schien, als hätten die beiden erfolgreich vertuscht, was gestern Nacht und heute Morgen zwischen ihnen passiert war.

„Liz?“, rief Bella, die immer noch in ihrem Zimmer war.

Liz drehte sich von Harrison weg und schaute in den Flur, wo Bella aus ihrem Zimmer kam und dann in die Küche trat.

„Warum ist mein Bett noch gemacht? Es sieht aus, als wenn du gar nicht darin geschlafen hast.“ Bellas Blick sprang von Liz zu ihrem Vater und zurück, die beide bei dieser Frage blass wurden.

## Kapitel 10

Liz fühlte sich ertappt und wusste nicht, was sie sagen sollte. Bella hatte bemerkt, dass sie letzte Nacht nicht in ihrem Bett geschlafen hatte. Sie vermutete sicherlich, dass etwas zwischen ihrem Vater und Liz gelaufen war. Doch anstatt die Wahrheit zu erzählen, schaute Liz zu Harrison und hoffte, dass dem etwas einfallen würde.

Harrison würde wissen, was zu tun war. Dachte sie zumindest. Doch er sah genauso kalt erwischt aus, wie sie sich fühlte. Allerdings schien er besser improvisieren zu können.

„Bella, komm setz dich und frühstücke etwas mit uns. Liz ist gestern auf der Couch eingeschlafen.“ Harrison wirkte betont ruhig, um seine Angst zu vertuschen, dass seine Tochter etwas bemerken könnte.

Harrison war ihr Vater; er wusste, dass Bella es nicht gutheißen würde, wenn er mit ihrer besten Freundin schlief. Ehrlich gesagt wusste er nicht einmal von sich selbst, ob er guthieß, was er und Liz miteinander getrieben hatten. Hätte ihm einer seiner Freunde von einer solchen Situation erzählt, hätte er ihn für verrückt erklärt.

Bella schien nicht ganz überzeugt, setzte sich dann aber doch an den Frühstückstisch. Eine merkwürdige Stille entstand zwischen den dreien, während sie ihre Eier aßen und Saft tranken. Liz bemühte sich, so gut es ging Augenkontakt mit Harrison zu vermeiden. Das hatte sie bislang immer getan – zumindest bis zu den Geschehnissen von gestern Nacht. Doch davon durfte Bella nichts erfahren.

Bella selbst verbrachte das Frühstück damit, den Blick immer wieder zwischen ihrem Vater und ihrer Freundin hin und her schweifen zu lassen. Irgendetwas war komisch, sie konnte nur nicht genau sagen was es war. War ihr Vater vielleicht wütend, weil sie Liz erlaubt hatte, hier zu übernachten? Oder war er selbst so betroffen von dem, was Liz zugestoßen war? Bella entschied, dass es wohl das Beste wäre, die Unterhaltung so neutral wie möglich zu halten.

„Dad, ist es in Ordnung, wenn Liz bis zu ihren Abschlussprüfungen hierbleibt? Sie kann nicht zu mir auf den Campus." Bella setzte ihren „Ich bin Papas Mädchen"-Blick auf, mit dem sie meistens ihren Willen bekam.

Harrison blickte kurz zu Liz und überlegte, wie er auf die Frage antworten sollte. Ja, er würde es lieben, sie jede Nacht bei sich zu haben. Es wäre perfekt. Doch gleichzeitig vermutete er, dass das für alle Beteiligten schlecht ausgehen konnte. So sehr er Liz auch mochte, wenn sie hier bei ihm wohnte würde das mit ziemlicher Sicherheit dazu führen, dass sie früher oder später von Bella dabei erwischt würden, unanständige Dinge zu tun.

„Oh nein, danke, Mr. Wellington. Ich habe einen Platz,

an dem ich bleiben kann“, kam Liz ihm zuvor.

„Liz… tatsächlich? Wo denn?“, fragte Bella.

„Eine Freundin aus der Bar. Sie lässt mich ihr Gästezimmer mieten“, antwortete Liz, während sie Harrison anlächelte.

Harrison bezweifelte, dass das stimmte, doch wenn es so war, dann wäre das eine Erleichterung. Er wusste genau, dass wenn Liz bei ihm leben würde, hier duschen und im gleichen Haus schlafen würde, dann… naja, könnte keiner dem anderen lange genug widerstehen. Sicherlich hatte die Vorstellung auch ihren Reiz, aber sie würden es nicht lange vor Bella geheim halten können. Harrison war sich nicht einmal sicher, ob er seiner Tochter in die Augen blicken könnte, wenn sie nur von gestern Nacht erfuhr.

„Nun ja, Liz, wenn Sie irgendetwas brauchen, dann sind Sie hier immer herzlich willkommen. Ich werden Ihnen einen Ersatzschlüssel geben, nur für den Fall der Fälle“, sagte Harrison, während er Liz anlächelte.

Glücklicherweise bemerkte Bella nicht, wie Liz sich direkt auf die Lippe beißen musste, als sie Harrison in die Augen schaute. Diesen wiederum durchfuhr eine Welle der Erregung, und sein Lächeln verwandelte sich in das Verlangen, selbst in ihre Lippe zu beißen und sie zu liebkosen. Er schüttelte den Kopf um ihr zu signalisieren, dass sie aufhören sollte.

Liz lächelte und biss sich weiter auf die Lippen. Dabei zuckte sie mit den Schultern und tat ganz unschuldig und ahnungslos. Sie wusste, dass das Harrison anmachen würde. Liz dachte zwar auch, dass es eine schlechte Idee wäre, mit Harrison hier zusammenzuleben, doch das lag in erster Linie vor allem an der Befürchtung, Bella könnte etwas mitbekommen. Ansonsten fiel ihr kein vernünftiger Grund ein, warum sie nicht wieder mit Harrison Sex haben sollte.

„Danke, Mr. Wellington“, sagte Liz ein wenig neckisch.

„Liz, lass uns gleich aufbrechen“, sagte Bella. „Ich helf dir dabei, deine Sachen zum Haus deiner Kollegin zu bringen.“

„Alles klar. Kannst du meine Tasche mit der Schminke holen? Ich glaube, die ist noch in deinem Zimmer.“ Liz stand auf, um die Tasche mit ihren Klamotten aus dem Eingangsbereich zu holen, wo diese noch immer stand.

Sobald Bella aus der Küche hinaus war, griff Harrison Liz und zog sie nah zu sich. Er küsste sie fest und zog dabei ihre Lippe in seinen Mund. Auch wenn Liz damit nicht gerechnet hatte, wehrte sie sich nicht. Im Gegenteil. Sie wollte Harrison wieder in seinem Bett liegen haben. Mit ihr. Genauso schnell wie er sie gegriffen hatte, ließ er sie allerdings auch wieder los und starrte in den Flur, aus dem Bella gleich wiederkommen würde.

„Denken Sie daran, Liz. Wenn Sie irgendetwas brauchen, kommen Sie einfach vorbei“, sagte Harrison, als Bella zurückkehrte und sich die beiden Mädels auf den Weg machten.

„Daddy, das ist so nett von dir. Wann musst du wieder nach Boston?“, fragte Bella.

„Übermorgen. Was habt ihr beiden noch vor?“

„Ich werde so viel wie möglich arbeiten, um die Studiengebühren für das kommende Semester zusammenzubekommen. Da wir ein paar Tage frei haben an der Uni, werde ich wohl Doppelschichten schieben“, sagte Liz.

„Ich werde mit meinen nicht-arbeitenden Freunden abhängen“, antwortete Bella mit einem Lächeln.

„In Ordnung, passt auf euch auf und benehmt euch“, sagte Harrison zum Abschied. Er konnte nicht anders als Liz auf ihren Arsch zu schauen, als die beiden das Haus verließen. Dieser Hintern war einfach unglaublich. Er wollte Liz wieder spüren. Die Hitze, die ihn bei dem Gedanken daran durchfuhr, beunruhigte ihn. Denn obwohl er insgeheim wusste, dass es falsch war, wollte Harrison Liz unbedingt haben.

## Kapitel 11

„Liz, was ist los?“, fragte Bella, sobald sie mit ihrer Freundin draußen war.

„Was meinst du?“, fragte Liz, deren Herzschlag sich sofort beschleunigte. Wie würde sie es nur erklären, falls Bella wusste, was passiert war?

„Ähm, du und mein Dad? Du hast ihn heute angeschaut und sogar mit ihm gesprochen!“, lachte Bella.

Erleichterung überkam Liz, als sie merkte, dass Bella keine Ahnung hatte, was letzte Nacht vorgefallen war.

„Oh, naja, weißt du, ich glaube, wenn ich lange genug jemanden um mich habe, kann ich mich irgendwann entspannen.“ Liz bemühte sich redlich, so normal wie möglich zu klingen, auch wenn sie immer noch befürchtete, Bella könnte etwas ahnen.

„Naja, ich freue mich auf jeden Fall, dass ihr endlich miteinander klarkommt. Meine Güte, ihr seid schließlich beide erwachsen“, lachte Bella, während sich die beiden auf den Weg zur U-Bahn machten.

Liz musste zur Bar und eine der anderen Kellnerinnen davon überzeugen, sie bei ihr auf der Couch schlafen zu lassen.

Es war eine dreiste Lüge gewesen, als sie behauptet hatte, dass ihr bereits jemand zugesagt hatte. In Wahrheit sprach sie kaum ein Wort mit den anderen Bedienungen, es würde also nicht einfach werden, jemanden zu finden, der sie bei sich aufnahm.

Noch bevor sie an der Bar ankam, klingelte ihr Handy. Es war eine SMS von Harrison. „Komm mit mir nach Boston.“, lautete der Text. Liz antwortete nicht. Sie konnte sowieso nicht mit, denn sie würde ihren Job als Kellnerin verlieren, wenn sie einfach eine Woche weg war. An der Uni würde sie aufgrund der freien Tage nichts verpassen, aber Liz war auf den Job in der Bar angewiesen. Davon mal abgesehen, wie sollte sie Bella erklären, dass sie mit Harrison eine Woche unterwegs war?

Die Schicht war hart und lang, aber die Trinkgelder waren gut an diesem Tag. Das war umso erstaunlicher, als dass ihr Gesicht nach dem Streit noch immer entstellt aussah. Vielleicht hatten einige Kunden auch einfach nur Mitleid mit ihr gehabt. Glücklicherweise konnte sie auch eine der neuen Bedienungen überreden, sie für einige Nächte bei sich schlafen zu lassen. Das musste fürs erste reichen. Von nun an würde sie immer von Tag zu Tag schauen müssen – so war das nun mal als Obdachlose. Vielleicht konnte sie ihre Freunde nach und nach abklappern, und dann wieder von vorne beginnen.

Am Ende ihrer Schicht schrieb sie Harrison zurück. „Ich kann nicht nach Boston. Ich muss arbeiten.“ Sie blieb nicht lange genug wach, um auf seine Antwort zu warten. Es war ihr auch egal, sie würde nicht mit dem Vater ihrer besten Freundin nach Boston fliegen. Was gestern passiert war, war schon zu viel gewesen – aber mit Harrison nach Boston? Das war verrückt!

Um 5 Uhr am nächsten Morgen wachte Liz zum Alarm ihres Handyweckers auf. Es war Montag, das hieß, sie musste sich für ihren Job in der Kanzlei fertigmachen. Oftmals konnte sie ihre Schichten teilen, so dass sie von 6-10 arbeitete, dann zur Uni ging, und im Anschluss ihre Schicht beendete. Nur so konnte sie alles unter einen Hut bringen. Doch in dieser Woche gab es keine Uni, weshalb sie durcharbeiten wollte.

Wenn sie morgens um 6 an der Kanzlei ankam, war das meistens ganz angenehm, da sie bis auf einige eifrige Praktikanten und Volontäre eine der ersten Mitarbeiterinnen war, so wie auch heute. Sie begann, die Akten zu sortieren und zu archivieren, die sich bereits wieder in der Ablage angesammelt hatten. Während sie sich in die Arbeit vertiefte, wanderten ihre Gedanken wieder zu Harrison. Und an das, was zwischen ihnen geschehen war.

„Miss Cleveland." Die Stimme aus dem Lautsprecher riss sie aus ihren Tagträumen. Liz eilte hinüber zur Sprechanlage und drückte auf den Knopf an der Wand.

„Ja, bitte?"

„Mr. Wellington möchte Sie sprechen." Die Tonlage der Stimme ließ darauf schließen, dass es sich hier nicht um eine

Frage handelte, sondern eine Aufforderung.

„Jetzt?“

„Ja. Kommen Sie bitte in sein Büro.“

„In Ordnung.“

Liz wusste nicht, was sie davon halten sollte. War Harrison sauer auf sie, weil sie ihn nicht nach Boston begleiten wollte? Oder wollte er mit ihr nur über ihre Arbeit hier vor Ort reden? Liz merkte, wie ihre Nervosität stieg, während sie in den Aufzug stieg um ins oberste Stockwerk zu fahren. Dann drängten sich schmutzige Gedanken in ihren Kopf. Vielleicht wollte er sie ja auch auf seinem Schreibtisch vögeln oder anderweitig verführen?

Als sie die oberste Etage betrat, fühlte sie sich wie immer schrecklich eingeschüchtert. Dann erinnerte sie sich daran, dass sie und Harrison mittlerweile vertrauter waren als noch vor dem Wochenende, und ihr Puls beruhigte sich ein wenig.

Am Schreibtisch in der Lobby saß heute eine andere Frau als beim letzten Mal. Sie musste neu sein.

„Miss Cleveland?“, fragte die Sekretärin.

„Ja.“

„Mr. Wellington wartet auf Sie.“

Liz atmete tief durch, dann betrat sie Harrisons Büro, ohne zu wissen, was sie dort erwarten würde.

# Kapitel 12

„Es tut mir leid, dass ich nicht mit nach Boston komme. Aber ich kann meinen Kellnerjob nicht aufs Spiel setzen“, begann Liz direkt sich zu verteidigen, als sie in das Büro eintrat.

„Hallo, Liz“, sagte Harrison, als er von seinem Schreibtisch aufstand und auf sie zuging.

Seine Augen fixierten sie, und Liz wusste sofort, dass er sie nicht gerufen hatte, weil er sauer auf sie war.

Die sexuelle Spannung zwischen den beiden ließ die Luft im Raum statisch aufgeladen erscheinen. Es war zu viel für Liz. Sie legte ihre Arm um Harrison und küsste ihn. Er versuchte gar nicht erst, sich dagegen zu wehren. Stattdessen drückte er sie gegen die Rückseite seiner Bürotür und ließ seine Hände unter ihren Arsch wandern, um sie leicht vom Boden anzuheben.

„Hi“, sagte sie, während Harrison sie gegen die Tür presste und im Nacken küsste.

„Ich will, dass du mit mir nach Boston kommst“, flüsterte Harrison zwischen den Küssen. „Ich brauche eine neue Assistentin, meine fällt aus gesundheitlichen Gründen längere Zeit aus.“ Harrison machte weiter damit, Liz‘ Haut mit Küssen zu bedecken.

„Ich muss meine Studiengebühren bezahlen, meine Rechnungen, meinen Lebensunterhalt. Ich kann nicht“, murmelte Liz, während sie dem Drang widerstand, sich Harrison hier im Büro voll und ganz hinzugeben.

„Ich bezahle diese Dinge.“ Seine Stimme klang entschlossen.

„Nein.“

„Was dann? Wie kann ich dich überzeugen?“, fragte Harrison hartnäckig.

„Gar nicht. Ich muss hierbleiben.“ Liz dachte kurz daran, wie es aussehen würde, wenn sie mit dem Vater ihrer besten Freundin nach Boston jetten würde. „Wir könnten so einen Trip nicht vernünftig erklären.“

„Ich stelle dich als meine persönliche Assistentin an. Nur so lange, bis Alice wieder gesund ist. Es ist die perfekte Tarnung“, erwiderte Harrison.

„Eine professionelle Beziehung? Nur der Arbeit willen?“, fragte Liz, als Harrison sie langsam wieder auf den Boden ließ.

„Meinetwegen. Wenn es das ist, was du willst. Dann ja.“ Harrison hörte sich zögerlich an, aber an diesem Punkte wollte er einfach nur, dass sie zusagte.

„Naja, vielleicht… wenn wir es wirklich professionell halten“, sagte Liz, während sie ihre Kleidung glattstrich.

Sie wollte zwar nichts weniger als nur eine professionelle

Beziehung zu Harrison haben, aber sie wollte auch nicht, dass es so aussah, als würde sie alles tun, nur weil Harrison ihr Geld anbot. Sie würde sich sicherlich nicht verkaufen.

„Ich bezahle dir 4000 Dollar für die Woche“, sagte Harrison, als er zurück zu seinem Schreibtisch ging.

Was?! Liz glaubte, sich verhört zu haben. 4000 Dollar für eine Woche. Das verdiente sie nicht einmal mit ihren jetzigen Nebenjobs in zwei Monaten zusammen. Mit dem Geld könnte sie ihre Studiengebühren bezahlen. Und sich auch wieder eine eigene, kleine Wohnung nehmen. Wie sollte sie so ein Angebot ablehnen?

„Hm. Was ist mit meinem Job in der Bar?“

„Kündige. Du wirst immer wieder irgendwo einen Job als Kellnerin finden. Wenn du denn musst.“ Harrison wollte Liz nicht so hart arbeiten sehen. Es war geradezu lächerlich. Allerdings war es auch offensichtlich, dass sie sein Geld nicht einfach so annehmen wollte, daher musste er kreativ sein.

„Die Firma wird für dein Hotel Kost und Logie übernehmen. Ich brauche beim Aufbau der neuen Filiale viel Unterstützung, und ich vertraue dir.“

„Nun gut. Aber nur für die eine Woche. Ich sage den Kollegen in der Bar, dass ich krank bin.“ In diesem Moment war Liz tatsächlich schlecht, allerdings vor Aufregung bei dem Gedanken daran, eine Woche mit Harrison zu verbringen. Bella würde sie davon überzeugen, dass es sich nur um eine

Geschäftsreise handelte, aber wenn sie erst einmal in Boston waren, könnte auch ihre Affäre Fahrt aufnehmen.

„Deal“, sagte Harrison mit einem Lächeln. „Jetzt sieh zu, dass du deine Sachen packst. Ich werde dir einen Flug für heute Nachmittag buchen. Ich muss jetzt gleich schon los.“

„Oh, okay, wow. Jetzt gleich schon? Mh, okay, dann werd ich mich mal aufmachen.“ Liz beeilte sich, um zum Haus ihrer Freundin zu gelangen und ihre Sachen zu packen.

*

Der Flug nach Boston war kurz, und Liz wunderte sich, als sie am Gate einen Mann traf, der ein Schild mit ihrem Namen darauf hielt.

„Ich bin Liz Cleveland“, sagte sie zu dem Mann im dunklen Anzug.

„Ja, Miss Cleveland. Ich bin Mr. Wellingtons Fahrer. Er hat mich geschickt um sie zum Hotel zu fahren.“

Der Fahrer nahm Liz‘ Tasche und ging auf einen großen, schwarzen SUV zu. Dort verstaute er das Gepäck und hielt Liz dann die Tür auf, bevor sie einstieg. Liz war es unangenehm, auf dem Rücksitz zu sitzen, wenn es sich nicht gerade um ein Taxi handelte.

„Wie lange fahren Sie schon für Mr. Wellington?“, fragte

Liz, um die Stille zu brechen.

„Oh, so ungefähr zwei Jahre. Seitdem er angefangen ist, sein Unternehmen zu erweitern.“ Der Fahrer schien höflich, er blickte nur ganz kurz in den Rückspiegel, um Liz anzusehen.

„Ich wette, sie haben schon eine Menge Frauen für ihn rumgefahren“, scherzte Liz, auch wenn sie es tatsächlich ernst meinte. Sie hatte schon so einige Geschichten in der Firma gehört, mit welchen Frauen Harrison sich gedatet hatte. Viele reiche Frauen, Celebrities und so weiter.

„In letzter Zeit eigentlich nicht, Ma’am. Er arbeitet fast nur noch. Tatsächlich ist es einige Jahre her, dass ich ihn auf ein richtiges Date habe gehen sehen.“

„Oh“, antwortete Liz verblüfft. Tatsächlich? Einige Jahre waren eine lange Zeit. „Ja, ich habe gehört, dass er ein ziemlich taffer Anwalt sein soll“, fügte sie hinzu, um die Unterhaltung in Gang zu halten.

„Allerdings. Man nennt ihn auch den ‚Terminator‘, weil er so rücksichtslos ist“, entgegnete der Fahrer.

Das hatte Liz auch schon gehört. Und Harrison konnte auch tatsächlich furchteinflößend sein, zumindest hatte sie selbst ihn ja auch bis vor kurzem so empfunden. Mittlerweile waren ihre Gedanken an ihn allerdings anderer Natur, nämlich wesentlich erotischer.

Sie wollte so schnell wie möglich ins Hotel und sich fertigmachen, um danach Harrison anzurufen und ihn einzuladen, zu ihr rüberzukommen. Das würde perfekt sein. Sie konnten von ihr aus die ganze Woche im Bett verbringen und miteinander rummachen. Vielleicht mal eine Pause, um zu essen und zu trinken, und dann wieder übereinander herfallen. Liz grinste.

## Kapitel 13

„Komm rüber, um dir mein schönes Zimmer anzusehen“, sagte Liz zu Harrison am Telefon. Sie hatte eine unglaubliche Suite bezogen, die er für sie reserviert hatte. Harrison selbst wohnte in einem Apartment in der Nähe des neuen Büros.

„Miss Cleveland, machen Sie Ihrem Chef etwa ein zweideutiges Angebot?“, scherzte Harrison.

„Ja. Obwohl, nein. Eigentlich ist es recht eindeutig. Ich ziehe mich gerade aus und werde mich dann nackt auf mein gigantisches Kingsize Bett legen, um auf dich zu warten.“

„Oh, was für wundervolle Bilder in meinem Kopf. Ich kann es mir lebhaft vorstellen.“

„Schau es dir lieber mit eigenen Augen an.“

Harrison wollte rüberfahren und Liz sehen. Sein Körper vibrierte bei dem Gedanken daran, sie nackt auf dem Bett liegen zu sehen. Doch diese Woche war außerordentlich wichtig für ihn, und er brauchte sie tatsächlich in erster Linie als seine Assistentin. Die spaßigen Dinge mussten vorerst verschoben werden.

„Warum schläfst du nicht ein wenig? Wir müssen

morgen früh raus.“ Harrison kühlte das Gespräch von brodelnd heiß zu eiskalt ab.

Liz wusste nicht, was sie davon halten sollte. Sie wollte ihn weiter reizen und dazu bringen, die Nacht mit ihm zu verbringen, doch seinem Tonfall nach zu urteilen, war seine Willenskraft wesentlich größer als ihre.

„Okay, Mr. Wellington“, säuselte Liz in ihrer verführerischsten Stimme. „Ich glaube, dann werde ich wohl alleine komplett nackt in meinem Bett schlafen müssen.“

„In Ordnung. Wir sehen uns morgen“, sagte Harrison, bevor er auflegte.

Am nächsten Morgen setzte Harrison seine exzellente Selbstbeherrschung fort. Es dauerte nicht lange, bis Liz merkte, dass sie sich tatsächlich auf ihren Job konzentrieren musste und die Flirterei nichts brachte. Denn immer, wenn sie versuchte, ihrem Boss Avancen zu machen oder auch nur die kleinste Verführung startete, gab Harrison ihr den nächsten Auftrag, irgendetwas zu kopieren, zu mailen oder zu faxen. Schon bald hatte Liz den Eindruck, als sei nie etwas zwischen den beiden passiert, und sie arbeitete wie eine normale Angestellte für den großen Mr. Harrison Wellington. Die professionelle Mauer, die die beiden trennte, war massiv.

Von Dienstag bis Donnerstag hatte Liz versucht, Harrison anzumachen. Vergeblich. Sie wusste nicht, ob seine Gefühle für sie weg waren (wenn es sie denn je gegeben haben sollte), oder ob er einfach nur voll fokussiert auf seine Arbeit war. Vielleicht hatte sich seine Ex-Frau immer so gefühlt? Liz konnte jede Frau verstehen, die Zweifel bekam, wenn sie nicht wusste, wo sie bei einem Mann wie Harrison stand.

Schließlich beschloss Liz, Bella am Freitag für das Wochenende nach Boston einzuladen. So konnte sie zumindest mit ihrer Freundin ein wenig Spaß haben, wenn die Arbeit getan war.

„Hey, ich hoffe du hast nichts dagegen, dass ich Bella eingeladen habe, mich hier im Hotel zu besuchen“, sagte Liz zu Harrison. Es war Freitagmittag, kurz vor der Essenspause.

„Klar, ich hoffe, ihr habt Spaß. Aber ich möchte, dass Bella in meinem Apartment schläft, wenn sie hier in der Stadt ist.“

„Okay, sage ich ihr.“

Was war hier nur los? Liz konnte es nicht fassen. Letztes Wochenende lag sie mit Harrison nackt im Bett und diese Woche war er zu beschäftigt um sie auch nur anzusehen. Liz entschied, dass sie es noch einmal mit einem Frontalangriff versuchen würde.

Als das Essen geliefert wurde, zog sie ihren Rock hoch, so dass er wie ein Minirock wirkte. Außerdem knöpfte sie die drei obersten Knöpfe ihrer Bluse auf, bevor sie in Harrisons Büro ging. Sie umrundete seinen Schreibtisch und schaute ihn an.

„Dein Lunch ist hier“, sagte sie und stellte den Salat auf den Schreibtisch.

Dann setzte sie sich auf den Schreibtisch und wippte mit den Beinen. Harrison konnte nicht anders, als von seinen Dokumenten aufzuschauen. Da war es. Dieses Glühen in seinen Augen, welches sie so vermisst hatte.

„Danke, ich verhungere gleich“, sagte Harrison, während er seinen Salat nahm und den Deckel öffnete.

Liz wollte nicht so leicht aufgeben. Sie rutschte rüber, so dass sie direkt vor Harrison saß. Dann spreizte sie ihre Beine, so dass jeweils ein Bein auf seinen Armlehnen ruhte. Harrison begehrte sie, das konnte sie sehen. Die Lust. Das Verlangen. Es war da.

„Wie schmeckt es dir?“, fragte Liz.

Harrison musste sich im Stuhl aufrichten, als sein Körper auf Liz‘ Anblick auf seinem Schreibtisch reagierte. Am liebsten hätte er den verfluchten Salat durch das Zimmer geschmissen, ihr die Klamotten vom Leib gerissen und sie gleich hier auf der Stelle vernascht. Er wollte sie schmecken. Ihre Lippen auf seinen. Doch zuvor musste er dieses verdammte Projekt abschließen. Sobald Liz nicht mehr als seine Assistentin von Nöten war, könnte er sich seinem Verlangen nach ihr wieder hingeben. Doch momentan musste er sich zügeln.

„Der Lunch ist exzellent. Danke“, sagte Harrison. Dann stand er auf und ging zu einem Tisch am anderen Ende des

Büros.

Okay, das war's, dachte Liz. Sie hatte alles versucht. Anscheinend war sie ihm egal. Niemals hätte er ihr gerade widerstehen können, wenn er noch etwas für sie fühlen würde. Liz realisierte, dass sie wohlmöglich mehr Gefühle für Harrison entwickelt hatte als umgekehrt.

Sie brachte den Rest des Tages irgendwie hinter sich. Sie fühlte sich schlecht, aber anscheinend musste sie sich damit abfinden, dass er sie nicht wollte. In ihre Enttäuschung mischte sich eine kleine Portion Ärger, denn sie hatte absolut keine Ahnung, was dafür gesorgt hatte, dass er sich so abweisend verhielt.

## Kapitel 14

„Komm schon, Dad! Ich hab Liz gesagt, dass wir schon längst am Hotel wären.“ Bella war gerade am Büro ihres Vaters in Boston angekommen und war am Verhungern. Sie hatten geplant, zu dritt essen zu gehen und danach wollten Bella und Liz einige Harvard Partys unsicher machen.

Als Bella und Harrison am Hotel ankamen, fanden sie schnell einen Tisch im Restaurant im Erdgeschoss. Bella textete Liz, dass sie runterkommen sollte.

Als Liz das Restaurant betrat, drehte sich jeder Mann im Raum ohne Ehering (und auch einige mit Ehering) zu ihr um. Sie trug ein enges schwarzes Kleid, dass über dem Rücken so kurz geschnitten war, dass es geradeso ihren Hintern bedeckte. Liz stolzierte durch das Restaurant, wohlwissend, dass alle Blicke auf ihr ruhten. Schließlich setzte sie sich zu Bella und Harrison.

„Wow. Das nenn ich mal ein Kleid! Superheiß!“, sagte Bella, als sie aufsprang um ihre Freundin zu umarmen.

Harrison saß auf der anderen Seite dieser Umarmung, nur wenige Zentimeter entfernt von dem nackten Rücken, der jedem Mann hier im Raum schmutzige Fantasien bescherte. Das war ohne Zweifel das heißeste Kleid, das er seit langem gesehen hatte. Und es war absolut unpassend, um damit später in Boston auf die Piste zu gehen.

„Glauben Sie, Sie sollten sowas hier in der Gegend tragen?“, fragte Harrison, als Liz sich hinsetzte.

„Dad, hör auf. Was das Kleid angeht, hast du keine Ahnung. Sie sieht total heiß aus.“

„Naja, ich habe ja auch keinen Freund, dem es missfallen könnte, wie ich rumlaufe. Und diese Harvard-Jungs scheinen nette Typen zu sein“, antwortete Liz, darum bemüht, die Beherrschung nicht zu verlieren.

Was glaubte Harrison, wer er war, ihr Vorschriften in Bezug auf ihre Kleidung zu machen? Er hatte doch anscheinend kein Interesse mehr an ihr. Warum sollte es ihn dann scheren, was sie trug? Idiot.

„Ich glaube, es sendet die falschen Signale an solche Typen“, erwiderte Harrison, ohne Liz dabei anzusehen.

„Aha. Welche Signale sendet es denn?“

„Ich glaube, das wissen Sie.“ Harrison wollte auf keinen Fall einen Streit provozieren. Liz wusste genau, dass eine Frau mit einem solchen Kleid förmlich danach schrie, flachgelegt zu werden.

„Nein, weiß ich nicht. Warum erklären Sie es mir nicht?“ Liz wurde wütend, was auch Bella nicht entging, weshalb sie sich erneut einschaltete.

„Nun ja, ich finde, es steht dir großartig, Liz. Warum vergessen wir nicht einfach unser Dinner und gehen direkt los?" Bella wusste, dass ihr Vater nicht nachgeben würde. Sie hatte diese Gespräche schon tausendfach mit ihm geführt.

„Ja, ich hab sowieso keinen Hunger mehr", sagte Liz und drehte sich weg vom Tisch, so dass man ihren Rücken sah. „Mr. Wellington, es war toll, mit Ihnen in dieser Woche zu arbeiten. Ich hoffe, Sie genießen Ihr Wochenende", sagte Liz betont förmlich, als sie sich auf den Weg machte.

Harrison wusste, dass Liz sauer auf ihn war, aber er musste erst das Projekt in Boston beenden, bevor er wieder darüber nachdenken konnte, wie es mit ihr weitergehen sollte. Manchmal musste man eben Prioritäten setzen, das würde Liz verstehen müssen.

*

Bella und Liz hatten einen tollen Abend. Liz war mehr als glücklich darüber, dass ihr Gesicht mittlerweile wieder so weit verheilt war, dass man die letzten Spuren ihrer Auseinandersetzung mit Matt mit Schminke überdecken konnte. Bella freute sich, dass Liz endlich mal wieder Spaß hatte und mit ihr etwas trank. Meistens war Liz die Verantwortungsvolle von den beiden, während Bella die Sau rausließ. Da die Partymeile nicht weit weg war von ihrem Hotel, konnten sie beide die ganze Nacht durchfeiern.

Was Bella nicht wusste, war, wie sehr es Liz verletzte hatte, dass Harrison sie quasi die gesamte Woche ignoriert hatte. Wie konnte er jetzt nur so unterkühlt sein, während er am vergangenen Wochenende noch vor Leidenschaft gebrannt hatte? Hatte er sie vielleicht nur benutzt, weil er mal wieder Sex haben wollte? Anstatt eine Antwort auf diese Fragen zu finden, nahm sich Liz vor, sich heute Abend volllaufen zu lassen, so dass sie ihre Sorgen vergaß.

Der Plan ging ziemlich gut auf, vor allem, nachdem sie und Bella eine Gruppe von attraktiven Harvard Studenten getroffen hatte. Die Jungs gaben den beiden einen Drink nach dem anderen aus und erzählten dabei die schlechtesten Witze der Welt, aber Bella lachte darüber als hätte sie nie etwas Witzigeres gehört. Das wiederum brachte Liz dazu, sich nicht mehr einzubekommen. Die Stunden flogen nur so dahin, und sie hatten eine Menge Spaß.

Als die Nacht sich dem Ende näherte, wusste Bella, dass sie sich allmählich auf den Rückweg machen musste. Auch wenn ihr Dad nicht aufbleiben würde, um auf sie zu warten, so wusste sie, dass er sich nachts einen Wecker stellte, um nachzuschauen, ob sie sicher nach Hause gekommen war, wenn sie bei ihm schlief.

„Liz, wir machen uns lieber auf den Weg. Ich muss in zwanzig Minuten im Apartment meines Vaters sein“, sagte Bella während sie anfing, ihre Sachen zusammenzusuchen.

„Geh nur. Ich lasse mich von diesem großen, starken Mann nach Hause bringen“, antwortete Liz mit lallender Stimme.

Der Harvard Student, Henry, sah ziemlich vertrauenswürdig aus, daher entschied Bella, dass man ihm Liz anvertrauen konnte. Er würde sie schon sicher zum Hotel bringen. Das letzte Mal, als sie selbst zu spät bei ihrem Vater gewesen war, hatte er ihr für ein halbes Jahr den Unterhalt gekürzt. Und auch wenn sie jetzt auf dem Campus wohnte, erwartete ihr Dad zumindest, dass sie pünktlich zu Hause war, wenn sie bei ihm schlief.

## Kapitel 15

Bella kam um kurz vor zwei bei ihrem Vater an. Sie war ziemlich stolz darauf, es pünktlich geschafft zu haben. Das galt umso mehr, als sie ihn noch an seinem Schreibtisch arbeiten sah, kurz nachdem sie die Wohnung betrat.

„Wie war eure Party?“, fragte Harrison, als er kurz von seinen Dokumenten aufschaute.

„Es war toll. Wir haben einige süße Jungs von der Harvard getroffen. Wirkliche Prachtexemplare“, sagte Bella, während sie auf ihr Zimmer ging.

„Ist Elizabeth sicher in ihrem Hotel angekommen?“, fragte Harrison so laut, dass Bella ihn noch hören konnte.

„Ich habe sie in die vertrauensvollen Hände von Henry übergeben. Er ist nicht nur mega heiß, sondern macht auch einen Abschluss in Jura. Ich bin mir sicher, er wird sich gut um sie kümmern“, antwortete Bella, als sie ihren Kopf aus ihrem Zimmer streckte.

Harrison gefiel das gar nicht. Die Mädels hatten die Studenten doch erst an diesem Abend kennengelernt, sie konnten also gar nicht beurteilen, inwiefern diese Jungs vertrauenswürdig waren oder nicht. Wahrscheinlich war der Kerl nicht mal ein Student, jeder Typ konnte sich ein Harvard

Shirt anziehen und behaupten, er ginge zur Uni.

„Also hast du Liz mit dem Kerl alleine gelassen?“, fragte Harrison, als er Bellas Zimmer betrat.

„Ja, Daddy. Er ist nett. Die beiden werden Spaß haben. Vielleicht brennen sie ja sogar durch und heiraten. Er ist jedenfalls ein toller Fang.“ Bella schien die Besorgnis ihres Vaters nicht zu bemerken.

„Woher weißt du, dass sie sicher wieder zurück ins Hotel kommt?“

„Ich bin mir sicher, dass es ihr gut geht. Sie ist eine verantwortungsbewusste junge Frau.“

„In Ordnung. Naja, vielleicht rufe ich kurz beim Hotel an und checke, ob sie wirklich sicher angekommen ist.“

„Wenn du meinst, dann tu das. Ich werde jetzt schlafen“, sagte Bella und warf sich auf ihr Kissen.

Harrison schloss die Tür und versuchte dann, direkt auf Liz‘ Zimmer anzurufen, allerdings nahm niemand ab. Dann rief er an der Rezeption an und bat darum, nach ihr zu sehen. Der Portier war zögerlich, aber schließlich konnte Harrison ihn überreden. Doch auch auf sein Klopfen kam keine Antwort. Das hieß dann wohl, dass sie noch nicht wieder zurück war.

Harrison wollte rüberfahren und in ihrem Zimmer auf sie warten. Er wollte sich dafür entschuldigen, dass er sie die gesamte Woche über immerzu hatte abblitzen lassen. Auf keinen Fall wollte er, dass Liz sich jetzt aus Trotz mit einem anderen Kerl tröstete, nur weil Harrison sie so schlecht behandelt hatte.

Schließlich hielt er es nicht mehr aus und setzte sich in seinen Mietwagen um zum Hotel rüberzufahren. Vielleicht würde er Liz und den Typen ja irgendwo dort aufgabeln können. Er wollte sich zumindest davon überzeugen, dass es ihr gut ging.

Als er am Hotel ankam, suchte er zunächst die Lobby und die Lounge Bars im Erdgeschoss ab, jedoch ohne Erfolg. Dann fuhr er mit dem Aufzug nach oben auf die Etage ihrer Suite, um zu sehen, ob sie vielleicht doch schon auf ihrem Zimmer war. Er überlegte, ob er sich einen Ersatzschlüssel an der Rezeption holen sollte (das Zimmer war schließlich auf seinen Namen reserviert), doch er fand, dass das unpassend war. Er wollte nicht wie ein Schnüffler wirken.

Die Fahrstuhltüren öffneten sich und Harrison lief den langen Flur des fünften Stockwerks entlang, an dessen Ende Liz‘ Zimmer lag. Der Flur machte zum Ende hin einen Knick nach rechts, so dass er ihre Tür zwar noch nicht sehen, aber doch schon Stimmen hören konnte. Als er um die Ecke blickte, sah er Liz mit dem Harvard Typen vor ihrer Tür stehen.

Es wirkte, als wolle Liz alleine in ihr Zimmer und dem Studenten nur gute Nacht sagen. Harrison konnte nicht genau hören, was gesprochen wurde, aber Liz lächelte freundlich.

Henry stützte sich mit einem Arm am Türrahmen ab, bevor er sich zu Liz hinunterbeugte und sie küsste. Er sah tatsächlich ziemlich gut aus. Er war etwas größer als Harrison und wirkte wie ein Rugbyspieler. Harrison durchfuhr eine Welle der Eifersucht. Er mochte es nicht, wie Liz den Kerl ansah. Sie mochte ihn, zumindest sah es gerade so aus.

Harrison trat hinter die Ecke zurück, so dass Liz und Henry ihn nicht sehen konnten. Er hoffte, dass Liz den Typen zumindest nicht mit auf ihr Zimmer nehmen würde, denn dann konnte Harrison gar nichts mehr tun. Er wartete noch einen kurzen Moment, dann blickte er wieder um die Ecke.

Henry und Liz knutschten mittlerweile ziemlich wild vor ihrer Tür. Liz hatte ihre Arme um seinen Hals gelegt und Henry küsste sie sehr fest, fast schon aggressiv. Harrison wollte sich gerade umdrehen um hier wieder zu verschwinden, doch irgendetwas hielt ihn davon ab. Er konnte nicht wegschauen. Henry zog Liz das knappe, schwarze Kleid herunter und legte ihre Brüste frei. Dann saugte er intensiv an ihren Nippeln, während er seine andere Hand unter ihr Kleid schob.

Harrison hielt es nicht länger aus. Wie konnte er sich das hier nur ansehen? Entweder musste er dazwischen gehen, oder er musste nach Hause fahren. Doch Harrison konnte sich nicht entscheiden. Er wollte am liebsten den Kerl wegzerren und dieses Rumgemache beenden, doch wie würde er dann dastehen? Wahrscheinlich würde Liz ihn für einen Stalker halten, wenn er jetzt hier um die Ecke kam. Einen schizophrenen Stalker, so abweisend wie er sich die ganze Woche über verhalten hatte. Harrison seufzte. Es war besser, wenn er jetzt ging.

Gerade als er wieder in Richtung des Aufzugs lief, hörte er Liz laut schreien.

„Nein! Lass mich!“, brüllte sie.

Harrison eilte zurück und blickte im die Ecke. Henry versuchte, Liz ins Zimmer zu drängen, aber sie schien es nicht zu wollen. So sehr sie das Rumgeknutsche vor der Tür auch gemocht zu haben schien, wollte sie anscheinend nicht, dass heute Abend noch mehr passierte. Doch Henry wirkte jetzt mehr als nur aufdringlich, es schien ihm egal zu sein, was Liz wollte. Er wollte heute Abend auf jeden Fall zum Schuss kommen, so viel war klar.

„Okay, Henry, es reicht. Ich muss jetzt wirklich ins Bett.“ Liz sprach jetzt so laut, dass Harrison jedes Wort verstehen konnte.

„Komm schon, Babe. Lass mich nur für eine Minute mit rein.“

Liz versuchte es noch einmal auf die nette Tour. Sie gab ihm einen letzten Kuss und drehte sich dann um, um ihren Schlüssel ins Loch zu stecken.

„Es war nett, dich kennenzulernen. Ruf mich morgen an“, sagte Liz.

Als sie den Schlüssel in die Tür steckte, wirbelte Henry sie herum und drückte sie gegen den Türrahmen. Er war dabei äußerst grob, und Harrison wollte gerade um die Ecke treten.

„Nein, Henry. Ich muss gehen!“, sagte Liz, während sie versuchte, den Studenten von sich wegzudrücken.

„Ach komm schon, sei keine Schlampe“, sagte Henry.

„Ist das dein Ernst? Hau jetzt ab!“ Liz drückte Henry weg.

„Ach komm, Baby, du hättest mich doch nicht mit nach oben genommen, wenn du nicht noch den großen Henry in Action hättest sehen wollen. Stell dich nicht so an.“

Harrison hielt es nicht mehr aus. Er würde den Typen umhauen.

„Entweder du gehst jetzt, oder ich ruf die Polizei“, sagte Liz bestimmt.

Das schien geholfen zu haben. Henry schüttelte den Kopf und drehte sich um, während Liz in ihrem Hotelzimmer verschwand. Harrison eilte zurück durch den Flur bis zum Eiswürfelspender. Als Henry an ihm vorbeimarschiert war und den Aufzug betrat, ging er zurück zu Liz‘ Zimmer und klopfte an der Tür.

# Kapitel 16

Liz versuchte zunächst, das Klopfen zu ignorieren. Sie dachte, dass Henry einfach nicht locker lassen wollte. Doch als Harrison wieder klopfte, sprang Liz von ihrem Bett und rannte zur Tür. Sie wollte die Tür aufreißen und Henry anschreien, doch als die Tür offen war, stand Harrison vor ihr.

„Oh“, war alles, was sie herausbekam.

„Ja“, sagte Harrison. „Ich bin es.“ Er wusste nicht genau, warum er nochmal nach Liz gesehen hatte, wo er doch wusste, dass sie in ihrem Zimmer in Sicherheit war. Trotzdem hatte er nochmal geklopft.

Auf einmal schlang Liz ihre Arme um Harrison und fing an ihn zu küssen. Sie hatte die ganze Nacht über an ihn denken müssen, es war fast, als hätte jeder Drink, den sie hinuntergekippt hatte, die Gedanken an ihn noch weiter verstärkt. Als Henry mit ihr rumgeknutscht hatte, hatte sie sich vorgestellt, er wäre Harrison. Es hatte tatsächlich bis zur Tür ihres Hotelzimmers gedauert, dass sie festgestellt hatte, dass sie eigentlich nicht mal mit Henry reden wollte, geschweige denn, mit ihm rummachen. Sie wollte Harrison. Sie war zwar sauer auf ihn, weil er sie so ignoriert hatte, aber gleichzeitig wollte sie ihn unbedingt.

Liz hörte auf, ihn zu küssen.

„Warte mal, warum bist du hier?“

„Ich wollte mich davon überzeugen, dass du sicher von der Party ins Hotel gekommen bist“, antwortete Harrison, als er ihr Hotelzimmer betrat.

Liz hielt ihn auf. Sie wollte ihn nicht reinlassen, bevor sie genau wusste, was hier vor sich ging. Erst zeigte er ihr die gesamte Woche über die kalte Schulter, und jetzt war er mitten in der Nacht in ihrem Hotelzimmer, weil er sich Sorgen machte?

„Du hättest anrufen können.“

„Hab ich versucht, aber es ging niemand ran.“

„Warum hast du mich die ganze Woche ignoriert?“ Liz konnte nicht anders, sie musste es wissen.

„Ich wollte nicht, dass du denkst, ich hätte dich nur mitgenommen, um mit dir ins Bett zu steigen. Ich brauchte dich wirklich als meine Assistentin“, sagte Harrison, als er einen Schritt zurücktrat.

„Naja, ist wahrscheinlich auch besser so. Ich meine, wenn Bella das mit uns rausfinden würde, würde sie ausrasten!“

„Darf ich reinkommen?“ Harrison wollte in Ruhe über die Sache reden.

„Nein. Es ist wahrscheinlich besser, wenn wir nicht alleine sind, so lange ein Bett im Zimmer ist“, lächelte Liz.

„Ja, vor allem wo du die ganze Nacht getrunken hast.“ Harrison ging zur Tür. „Ich bin jedenfalls froh, dass es dir gut geht. Ich werde zurück zu meinem Apartment.“

„Nein“, rutschte es Liz raus. Sie wollte nicht, dass er ins Zimmer kam, weil sie Angst hatte, die Kontrolle zu verlieren. Aber sie wollte auch nicht, dass er ging.

„Nein?“, fragte Harrison mit einem leichten Lächeln, ganz so, als könne er Liz‘ Gedanken lesen.

„Ich meine… ich würde gerne mit dir darüber sprechen. Aber ich denke, mein Hotelzimmer ist dafür nicht gerade der beste Ort. Sollen wir runtergehen? Oder eine Runde spazieren?“ Liz zog sich ein Sweatshirt aus dem Schrank und zog es an. Sie trug zwar immer noch das kleine Stück Stoff, das man kaum als Kleid bezeichnen konnte, aber der Pullover würde zumindest gegen die Kälte draußen helfen.

„Okay, lass uns spazieren gehen.“

Harrison dachte, dass es am besten wäre, wenn die beiden nicht wieder miteinander schliefen. Zumindest der logisch denkende Teil seines Verstandes sagte ihm das. Sein Körper hingegen wollte verzweifelt wieder mit ihr ins Bett. Auch wenn er sich die ganze Woche kontrollieren konnte, wollte er in diesem Hotelzimmer mitten in der Nacht mit einer angetrunkenen Liz für nichts garantieren. Also ab in die frische Luft.

Während sie durch die Gegend um Downtown Boston

schlenderten, merkte Harrison, wie sehr er es mochte, sich mit Liz zu unterhalten. Sie war viel reifer, als es ihr Alter vermuten ließ. Ein Gespräch mit ihr war so ungezwungen, so angenehm.

Sie gingen am Campus vorbei und machten einen kurzen Halt am lokalen Krankenhaus, da dies der einzige Ort in der Nähe war, an dem sie mitten in der Nacht noch einen Kaffee bekamen. Schließlich erreichten sie den Hafen, und setzten sich nebeneinander auf eine Bank.

„Es ist so herrlich angenehm, sich mit dir zu unterhalten“, sagte Liz, während sie die Sterne am Himmel betrachtete.

„Ich glaube, das hat noch nie jemand zu mir gesagt. Im Gegenteil, ich glaube meine Ex-Frau würde sagen, es ist unmöglich sich vernünftig mit mir zu unterhalten“, grinste Harrison.

„Naja, vor nicht allzu langer Zeit hatte ich noch Todesangst vor dir.“

„Was? Todesangst?!“ Harrison sah verwirrt aus.

„Oh ja. Ich habe es immer vermieden, mit dir auch nur im selben Raum zu sein.“

„Und ich dachte, du magst mich einfach nicht.“

„Naja, Bella hat mir immer erzählt, wie perfekt du bist, also warum in aller Welt sollte ich dich nicht mögen?“

„Tja, was soll ich sagen. Ich bin schon ein ziemlich

perfekter Kerl.“ Harrison zwinkerte Liz zu und fing an sie zu kitzeln.

Das Kitzeln war liebevoll, und als Liz anfing zu lachen, machte Harrison weiter damit. Ihr Lachen war so ansteckend, er konnte nicht genug davon bekommen.

## Kapitel 17

Liz hielt es keine Sekunde länger aus und sprang auf, setzte sich auf Harrison und zwang ihn dazu, damit aufzuhören, sie zu kitzeln. Sie wollte ihn, selbst wenn sie insgeheim wusste, dass es am besten wäre, wenn sie nichts mit ihm hätte. Doch sie konnte sich in diesem Moment nicht weiter kontrollieren. Hier, mit ihm, seine Hände auf ihrem Körper, das war alles zu viel.

Sie versuchte, ihn auch zu kitzeln, doch anscheinend war Harrison nicht kitzelig. Als Liz so auf Harrison saß, in ihrem kleinen schwarzen Kleid, mit ihren Beinen gespreizt auf ihm, bemerkte sie, wie absurd diese Situation eigentlich war. Naja, nicht absurd, wenn sie jetzt rummachen und Sex haben würden. Aber absurd wenn man bedachte, dass sie eine professionelle Beziehung haben wollten.

Harrisons Körper reagierte sofort darauf, als Liz auf ihm saß. Er konnte sich nicht zurückhalten. Sein Glied schwoll an und brannte darauf, in sie einzudringen. Sein Puls beschleunigte sich und er wünschte sich in diesem Augenblick, dass sie für immer so auf ihm bleiben würde. Es fühlte sich so gut an, sie nahe bei sich zu haben. Er wollte sie genauso auf sich haben, doch dann dachte er an Bella. Ihr zu Liebe durften sie dies nicht tun.

Harrison ließ seine Hände über Liz' Hüften gleiten. Sie waren warm, und er wollte sie dort küssen. Das Verlangen wuchs immer weiter, und er glaubte, dass er sich nicht weiter zurückhalten konnte. Der Gedanke, seine Hose runterzulassen und seinen Schwanz in Liz hineingleiten zu lassen überlagerte alles andere. Wenn sie ein Paar wären, wäre es auch genau das, was er jetzt tun würde. Aber sie hatten gemeinsam beschlossen, nicht wieder miteinander zu schlafen.

Liz spürte, wie hart Harrisons Schwanz für sie geworden war. Sie wollte ihn wieder in sich spüren, das merkte sie nicht zuletzt daran, wie unglaublich feucht sie geworden war. Prickelndes Verlangen wuchs erneut in ihr an, und sie war kurz davor, ihn einfach mit zurück zu sich ins Hotelzimmer zu nehmen und sich ihm dort komplett hinzugeben. Seinen muskulösen Körper auf ihr zu spüren, und sein Glied immer wieder in sie reinstoßen zu fühlen. Doch der Gedanke an Bella ließ auch sie innehalten. Liz rutschte von Harrisons Schoß und setzte sich wieder auf die Bank, so schwer es ihr auch fiel. Sie wollte nicht, dass sie sich auf diese Geschichte einließ und Bella nachher etwas herausfand. Wenn sie es sich hätte aussuchen können, hätte sie gerne Harrison als ihren Liebhaber gehabt und gleichzeitig Bella als beste Freundin. Doch leider war das unmöglich.

„Danke, ich glaube, ich hätte mich nicht mehr lange zügeln können", sagte Harrison lächelnd. „Vielleicht sollten wir zurück zum Hotel?" Er stand auf und half Liz von der Bank, als sie zurückgingen.

Liz versuchte, mit Smalltalk über den Hafen und Boston im Allgemeinen den Rückweg zu überbrücken, doch Harrison schien ihr nicht zuzuhören. Er war mehr damit beschäftigt, in der Gegend herumzuschauen und wirkte irgendwie abwesend. Seine Gedanken waren scheinbar irgendwo anders, seitdem sie vom Hafen aus aufgebrochen waren. Schließlich hörte Liz auf zu reden und die beiden gingen schweigend nebeneinander zurück zum Hotel.

Im Fahrstuhl vermied Liz jeden Augenkontakt mit Harrison, da sie befürchtete, ansonsten wieder den Drang zu verspüren, sich ihm an den Hals zu werfen. Es kostete sie eine Menge Willenskraft, denn ihre innere Stimme hatte die Hitze noch nicht vergessen, die sie eben auf der Bank gespürt hatte. Und diese Stimme wollte genau das wieder spüren.

Sie bemühte sich, ausreichend Abstand im Aufzug zu halten. Es war das reinste Gefühlschaos, das sie zur Zeit durchlebte. Die vielen Male, die sie versucht hatte, sich an ihn ranzumachen, die vielen Abweisungen – und dann diese Aktion heute Abend, erst mit Henry, dann mit Harrison. Sie musste sich konzentrieren. Das letzte, was sie in diesem Moment wollte, war wie ein verzweifeltes Mädchen zu wirken, das einem Typen am Arsch klebte, der eindeutig gesagt hatte, dass sie nur seine Assistentin war. Wahrscheinlich hatte sie sich gerade am Hafen schon wieder lächerlich gemacht, als sie auf seinen Schoß geklettert war. Liz starrte auf den Boden und wartete darauf, dass sie den 5. Stock erreichten.

Harrison achtete ebenfalls darauf, Liz nicht direkt anzublicken. Er musste sie einfach nur zu ihrem Zimmer bringen und dann wieder nach Hause fahren. Doch in seinem Kopf schwirrte die Frage, was Liz wohl gerade dachte und fühlte. Ihre nackten Oberschenkel auf seinem Schoß waren unglaublich gewesen, er wollte sie genau dort wieder haben. Harrison verdrängte den Gedanken. Stattdessen versuchte er, seinen morgigen Arbeitstag durchzugehen. Irgendetwas musste ihn von seinen schlüpfrigen Fantasien ablenken.

Harrison wusste, dass es hier einzig und allein an ihm lag, wie diese Nacht endete. Liz hatte eben am Hafen gezeigt, dass sie sich nicht würde kontrollieren können, wenn er es darauf anlegte. Also musste er die Kontrolle behalten. Letztendlich war es doch auch das gewesen, was ihn zum Chef seine Kanzlei gemacht und ihm ein Vermögen beschert hatte: Selbstkontrolle und Disziplin in allem, was er tat. Dann musste es auch möglich sein, keinen Sex mit der besten Freundin seiner Tochter zu haben.

Er ließ Liz zuerst aus dem Aufzug steigen und folgte ihr in den Flur. Ihr Gang ließ sein Glied erneut pulsieren. Er wollte ihren Arsch anfassen, ihre Hüften, ihre Oberschenkel. Krampfhaft versuchte er, auf den Boden zu starren.

Das klappte allerdings nicht allzu lange. Als sie an Liz‘ Zimmer ankamen, fiel ihr der Schlüssel aus der Hand. Sie beugte sich nach vorne, um ihn aufzuheben, und dann war es soweit. Ihr nackter Hintern zeigte sich unter dem Kleid, als sie sich nach vorne beugte. Keine Selbstkontrolle der Welt konnte jetzt noch helfen. Er musste sie haben. Jetzt.

## Kapitel 18

Harrison stellte sich hinter Liz und drückte seinen harten Schwanz gegen ihren Arsch. Liz stand auf und drückte sich ebenfalls gegen ihn. Er fühlte sich so gut an. Harrison umgriff von hinten ihre Brüste, während er anfing, ihren Nacken zu küssen.

„Ich brauche dich", flüsterte er in Ohr. Er klang so leidenschaftlich, wie Liz es sich erhofft hatte.

Liz griff mit ihrem Arm hinter seinen Kopf und zog seinen Körper noch näher an ihren heran. Dann fing sie an, ihren Hintern immer stärker gegen ihn zu stoßen. Auch Harrison erwiderte die harten Stöße mit seinen Hüften.

Liz fummelte den Schlüssel ins Loch, doch sie schaffte es nicht, die Tür zu öffnen. Harrison hielt es nicht mehr aus. Er nahm sich den Schlüssel, öffnete die Tür und zog Liz hinter sich her zum Bett. Sie sprachen kein Wort, der Raum vibrierte förmlich vor Verlangen. Harrison musste Liz haben, hier und jetzt.

Er drückte sie vornerüber aufs Bett und zog ihr das Kleid runter. Dabei machten seine Finger einen kleinen Abstecher zu der köstlichen Feuchte in ihrem Schritt, bevor er sich selbst die Hose auszog.

Liz wollte ihn in sich spüren. Jegliche Pläne einer rein professionellen Beziehung waren praktisch wie weggeblasen. Sie lebte in diesem Moment, und gerade jetzt wollte sie fühlen, wie Harrison es ihr besorgte. Sie zog sich das Sweatshirt über den Kopf, so dass er ihren nackten Rücken sah.

Zur gleichen Zeit hatte Harrison seine Hose ausgezogen. Er hielt sein steifes Glied in seiner Hand und ließ es langsam in ihre feuchte Spalte gleiten. Das Gefühl war unbeschreiblich. Er hielt sie an den Hüften fest, aber traute sich kaum, zuzustoßen, weil er befürchtete, direkt zu kommen. Sein Schwanz bettelte förmlich darum, in ihr explodieren zu dürfen, aber Harrison wollte diesen Moment genießen.

Er stieß ein paar Mal in sie hinein und Liz stöhnte laut auf. Sie drückte sich voller Lust gegen seinen muskulösen Körper. Sie wollte ihn noch tiefer spüren. Harrison wusste, dass er langsamer machen musste, wenn er nicht direkt abspritzen wollte. Also zog er sich ein wenig zurück und spielte mit seiner Hand an ihrer Klitoris. Mit der anderen Hand zog er sie an der Schulter nach oben.

Seine Stöße wurden langsamer, während er es genoss, mit Liz zu spielen. Eine Hand rieb ihre harte Klitoris und die andere zog sanft an ihrem Nippel. Liz konnte sich vor Erregung kaum auf den Beinen halten. Sie wollte seinen Schwanz noch stärker in sich spüren. Sie wollte fühlen, wie sein süßer Saft sie von innen füllte, wenn sie zum Orgasmus kam.

„Fick mich hart“, raunte sie.

Liz war selbst erschrocken, als sie das sagte. Normalerweise war sie keine Frau, die Dirty Talk beim Sex praktizierte. Doch sie konnte einfach nicht an sich halten. Sie wollte, dass er sie hart rannahm. Es ging ihr nicht um Blümchensex, es war ihr auch egal ob er schnell kommen würde. Sie wollte ihn ganz einfach spüren.

Ihre Worte stachelten Harrison an, sie noch weiter zu erregen. Er hatte bewusst langsam angefangen, aber tief in ihm drinnen wollte er nichts anderes als sie richtig durchnehmen. Als Liz ihm nun genau dazu die Erlaubnis gab, drückte er sie wieder aufs Bett und packte ihre Hüften fest an.

Dann stieß er so hart er nur konnte.

„Oh Gott!“, schrie Liz, als er tief in sie eindrang.

Harrison machte weiter. Ein Stoß jagte den nächsten, als Liz voller Ekstase schrie.

„Ja, ja, ja! Fick mich... ja!“

Es dauerte nicht lange, bis Harrison seine letzten Energiereserven dafür verwendete, sie so hart wie möglich zu nehmen. Ihre Wörter wurden zu Schreien der Lust.

Immer schneller und härter drang er in sie ein, der Schweiß rann beiden bereits in Strömen ihre nackten Körper hinab. Mit einem finalen Stoß kam Harrison in Liz – es war unglaublich. Sie brach erschöpft auf dem Bett zusammen und Harrison ließ sich neben sie fallen.

„Das war verdammt noch mal fantastisch", sagte Harrison nicht ohne Stolz darauf zu sein, dass er es so lange ausgehalten hatte.

„Oh mein Gott, ja", sagte Liz, als sie die Decke zu sich zog, um darunter zu schlüpfen.

Harrison kroch ebenfalls darunter und legte sich hin, so dass Liz ihren Kopf auf seine Brust legen konnte. Er liebte das Gefühl, sie so bei sich zu haben.

Liz kam langsam wieder zu Atem und ihr Körper kühlte ein wenig ab, aber sie war noch nicht fertig mit Harrison. Wenn sie von nun an nicht mehr nur professionell miteinander verkehrten, würde sie so viel von ihm genießen wie sie konnte.

Sie lagen knapp 15 Minuten so zusammen, bis Liz ihre Hand wieder in seinen Schritt wandern ließ. Erst wollte sie nur schauen, ob sie ihn geil machen konnte, aber dann wollte sie ihn schmecken.

„Liz. Oh Scheiße, Liz", sagte Harrison, als Liz unter die Decke kroch und sein Ding in ihren Mund nahm.

Liz war eigentlich kein großer Fan von Blowjobs, aber bei Harrison war das anders. Er erwartete es nicht von ihr, sondern war überrascht. Sie mochte es, wie sehr er ihren Mund an seinem Schwanz genoss.

„Fuck, ja", stöhnte Harrison, als Liz ihre Lippen immer schneller an seinem Schaft auf und ab gleiten ließ.

Liz wollte ihn so hart wie möglich bekommen, bevor sie sich wieder auf ihn setzte. Sie wollte einen Orgasmus, der die Erde erbeben ließ. Ihre Lippen umschlossen ihn eng, und sie benutzte eine Hand, um sein Glied tief in ihren Rachen zu stecken. Schneller und schneller lutschte sie ihn, wobei er immer härter wurde. Dann hörte sie auf. Sie warf die Decke zur Seite und blickte Harrison an.

Ihre Augen waren wundervoll. Harrison versuchte, sich das Bild für immer einzuprägen. Anstatt ihre Lippen wieder über seinen Schaft fahren zu lassen, spielte sie mit ihrer Zunge an seiner Schwanzspitze.

Seine Hüften bewegten sich in freudiger Erwartung, doch Liz spielte mit ihm. Sie wollte, dass er ein wenig litt. Sie wollte, dass er spürte, was es hieß, sich nach ihren Lippen zu sehnen.

Liz grinste Harrison an, als er auf sie hinabblickte. Sie liebte es, ihn so zu ärgern. Er war verletzlich. Er wollte sie so sehr, er würde ihr wahrscheinlich alles versprechen, wenn sie es nur wollte. Also kitzelte sie ihn weiter mit ihrer Zunge.

Schließlich konnte Harrison es keine Sekunde länger ertragen. Er packte Liz und warf sie auf ihren Rücken. Er konnte dieses Spiel auch spielen, besser, als Liz sich vorstellen konnte.

## Kapitel 19

Harrison spreizte Liz‘ Beine und ließ seine Zunge ihre süßen Säfte schmecken. Er würde sich bei ihr revanchieren. Wenn sie ihn ärgern wollte, konnte er sie auch dazu bringen, ihn anzubetteln, es ihr zu besorgen.

Schnell ließ er zwei Finger in sie hineingleiten und zog mit seinem Mund fest an ihrer Klitoris. Liz ließ einen Urlaut vernehmen, der darauf schließen ließ, dass sie bereits nah am Orgasmus war. Harrison bewegte seine Finger leicht kreisend, während er ihren G-Punkt massierte. Er saugte erneut fest an ihrer Klitoris und ließ sie nicht mehr los, obgleich Liz sich vor Ekstase unter ihm wandte.

Liz schob ihre Hüften nach oben, so dass ihre Klitoris noch härter in Harrisons Mund gedrückt wurde. Sie wollte es. Sie wollte die ganze Kraft des Orgasmus durch ihren Körper rauschen lassen. Ihre Gedanken waren ausgeschaltet, es gab nur noch den Drang, endlich zu kommen.

Seine Finger arbeiteten immer schneller und härter, und Liz drückte mit ihren Hüften immer wilder gegen Harrison. Ihr Körper begann sich zusammenzuziehen, als ihr Höhepunkt näherkam. Dann konnte sie es nicht mehr aushalten, es kam ihr mit einer unglaublichen Wucht.

Sie drückte ihre Hand in Harrisons Haare und drückte ihn aus ihrem Schritt zurück. Der Orgasmus hatte ihre Klitoris extrem empfindlich gemacht, und er konnte jetzt aufhören, sie zu lecken. Doch Harrison hatte andere Pläne. Er hörte nicht auf und ließ sowohl Zunge als auch Finger weiter ihre süße Arbeit verrichten.

Liz hatte kaum Zeit sich zu erholen, bevor sie erneut von einem Orgasmus durchgeschüttelt wurde. Dieses Mal war er so extrem, dass sie den Rücken anspannte und ein lustvolles Stöhnen ausschrie, während sie sich vor Befriedigung krümmte. Das war es, worauf Harrison gewartet hatte. Die Schreie purer Ekstase.

Schließlich ließ er ihre Klitoris los und zog seine Finge aus ihr heraus. Lächelnd beobachtete er die Nachwirkungen ihres Höhepunktes an ihrem zitternden Körper.

Liz zog Harrisons nackten Körper an ihren und küsste ihn sanft. Es war ein sinnlicher Kuss, voller Erotik. So lagen sie nebeneinander, vollkommen erschöpft von dieser unglaublichen Nacht, das Verlangen nach einander endlich befriedigt.

Liz streichelte Harrison am Rücken, während sie sich erneut küssten. Eine solche Nacht hatte sie noch nie mit einem Mann erlebt. Seine Berührungen, seine Leidenschaft – sie wollte, dass es nie zu Ende ging. Am liebsten würde sie für immer mit ihm hier liegen bleiben.

„Das hier mit uns fühlt sich richtig an“, sagte Harrison, als er sich von ihr löste.

Sie antwortete nicht, doch sie dachte genau das Gleiche. Es fühlte sich verdammt richtig an. Liz wusste, dass es etwas unkonventionell war, aber sie war wesentlich reifer, als ihr Alter es vermuten ließ. Sie brauchte einen Mann wie Harrison in ihrem Leben. Und noch wichtiger: Sie wollte einen Mann wie ihn in ihrem Leben.

Nicht nur aufgrund der Leidenschaft, die sie für einander verspürten, sondern auch, weil Harrison ein wirklich guter Mensch war. Er war der Typ Mann, von dem sie immer geträumt hatte. Er arbeitete hart und kümmerte sich um die Menschen in seinem Leben, die ihm wichtig waren.

Mit diesen Gedanken schlief Liz ein, völlig erschöpft von dieser Nacht. Harrison hingegen stand auf und nutzte die Gelegenheit, um eine Dusche zu nehmen. Er musste gleich zurück ins sein Büro, denn er hatte noch einiges in Boston zu erledigen, bevor er wieder nach New York flog. Zwar fühlte er sich auch erschöpft, doch eine Dusche war vermutlich genau das Richtige, um ihn wieder fit zu machen.

Kurz nachdem Harrison im Badezimmer verschwunden war, wurde das Hotelzimmer mit einem Schlüssel geöffnet. Liz lag tiefschlafend auf ihrem Bett, als Bella den Raum betrat. Sie hatte sich den Ersatzschlüssel an der Rezeption besorgt – das war keine große Sache gewesen, da das Zimmer auf den Namen Wellington reserviert war. Sie hatte nur ihren Ausweis vorzeigen müssen und den Schlüssel bekommen.

Als sie den Raum betrat, schaute Bella sich um und bemerkte die Männerklamotten, die auf dem Boden lagen. Außerdem hörte sie, wie die Dusche lief.

Bella sprang ins Bett zu Liz und fing an, auf und ab zu hüpfen.

„Liz wurde flachgelegt, Liz wurde flachgelegt“, sang sie mit einem breiten Grinsen, während sie ihre Freundin ordentlich durchschüttelte, um sie aufzuwecken.

Zunächst wusste Liz im Halbschlaf nicht, was hier gerade passierte.

„Hey, Bella“, murmelte sie, während sie langsam die Augen öffnete.

Liz setzte sich aufrecht hin und schaute sich im Zimmer um. Sie sah Harrisons Kleidung neben dem Bett liegen, doch anscheinend merkte Bella nicht, wem die Sachen gehörten.

„Also hat Henry dich gestern Abend noch glücklich gemacht, hm?“, zwinkerte Bella ihr zu.

„Mh, ja, genau… warum gehst du nicht schon einmal nach unten und ich komme in einer Minute nach?“, fragte Liz, während sie sich eine Decke umschlug und im Schrank nach frischen Klamotten suchte.

„Naja, das könnte ich machen – oder ich platze ins Badezimmer rein und werfe einen Blick auf den nackten Mann in deiner Dusche!“, rief Bella, als sie vom Bett sprang und in Richtung des Bades eilte.

Liz stand wie angewurzelt vor dem Schrank und betete, dass das hier gerade nicht passieren würde.

Als Bella hörte, wie das Wasser abgedreht wurde, entschied sie sich, dass es wohl besser wäre, zu verschwinden, bevor Henry aus dem Bad kam.

„Okay, okay. Ich geh ja schon. Wir sehen uns unten“, sagte Bella und ging zur Tür.

Gerade als sie dort ankam und die Tür aufzog, öffnete Harrison die Tür des Badezimmers.

„Bist du wach, Liz?“, fragte er, während er nur mit einem Handtuch bekleidet aus dem Bad trat. Dann plötzlich bemerkte er, dass jemand mit ihnen im Raum war. Doch was war nicht irgendjemand, es war seine Tochter!

# Kapitel 20

Harrison wusste nicht, was er jetzt tun sollte. Er war nichtsahnend aus der Dusche gekommen, und auf einmal stand seine Tochter im Hotelzimmer. Sie sah völlig perplex aus. Der Gesichtsausdruck wandelte sich zu Abscheu, als sie erst ihre beste Freundin ansah, und dann wieder ihren Vater.

„Was zur Hölle geht hier vor sich?", schrie Bella, die Blicke immer wieder hin und her werfend zwischen Liz und ihrem Vater.

Ihr Kopf drehte sich, und sie fragte sich was es für eine vernünftige Erklärung dafür geben konnte, dass ihr Vater hier halbnackt durch das Hotelzimmer ihrer besten Freundin lief. Doch es gab keine logische Erklärung.

„Liebling, es ist okay. Ich kann es dir erklären", versuchte Harrison seine Tochter zu beruhigen.

„Du kannst es erklären? Was kannst du erklären?" Bella hatte immer noch die halb offene Zimmertür in der Hand und schrie aus voller Kehle. Sie hatte mit vielem gerechnet, aber nicht mit dem hier. Ihr Dad hatte schon seit einer gefühlten Ewigkeit niemanden mehr gedatet. Er war immer nur am Arbeiten. Was in aller Welt ging hier vor sich?

„Liebling, wir sind beide erwachsen. Es ist einfach

passiert. Wir mögen uns", sagte Harrison und versuchte, die Hand seiner Tochter zu nehmen.

„Fass mich nicht an. Sprich nicht mal mit mir. Ihr beide seid widerlich. Ich will euch nie wieder sehen!" Mit dieser Aussage knallte Bella die Tür zu und rannte durch den Flur zurück zur Lobby.

Als sich der Schock langsam legte, wurde Liz klar, was hier gerade passiert war. Bella war ihre beste, ihr einzige wirkliche Freundin, und Liz wollte sie auf keinen Fall verlieren. Liz zog sich etwas über und rannte hinter ihr her in den Flur.

„Bella", schrie sie durch den gesamten Flur.

Bella musste verstehen, dass es ihr leid tat. Liz brauchte sie in ihrem Leben. Wenn das bedeutete, auf Harrison zu verzichten, dann würde sie dieses Opfer bringen müssen. Wie war sie nur in diesen ganzen Schlamassel geraten?

„Hau bloß ab!", giftete Bella sie an, als Liz sie einholte. Du bist so abstoßend, dass du es mit meinem Vater treibst. Ich will nichts mehr mit dir zu tun haben." Bella drehte sich um und starrte auf den Aufzug, der von unten hochkam.

„Es tut mir leid, Bella. Es wird nicht wieder passieren. Es war meine Schuld", sagte Liz. Sie war dazu bereit, die gesamte Schuld auf sich zu nehmen, wenn das nötig war. Sie wollte nur, dass Bella ihr vergab und die beiden weiterhin Freundinnen sein konnten.

Der Fahrstuhl erreichte die fünfte Etage und öffnete

sich. Bella stieg ein, doch Liz folgte ihr. Das machte sie allerdings nur noch wütender.

„Hau ab. Lass mich einfach in Ruhe“, sagte Bella in einem so scharfen Ton, dass Liz sich erschreckte. So hatte sie sie noch nie erlebt.

„Bella, bitte“, bettelte Liz.

„Bitte? Bitte was?“

„Bitte verzeih mir. Du bist meine beste Freundin. Ich würde dich nie absichtlich verletzen!“ Liz war wichtig, dass Bella das wusste. Mit Harrison zu schlafen war ein Fehler gewesen, ein Moment der Schwäche. In diesem Augenblick wurde ihr klar, dass ihre Freundschaft zu Bella viel wichtiger war, als es irgendein Mann je sein könnte.

„Es ist widerlich, Liz“, sagte Bella. Tränen schossen in ihre Augen.

„Bella… ich habe mich nur nach Liebe gesehnt. Es tut mir so leid… er ist so ein netter Mann. Ich konnte ihm nicht widerstehen.“ Liz fing ebenfalls an zu weinen.

„Ach Scheiße Liz, jetzt fang nicht auch noch an zu heulen“, sagte Bella und nahm ihre Freundin instinktiv in den Arm. Bella hatte Liz noch nie weinen sehen. Sie war immer die Starke von beiden gewesen. Es schien ihr also wirklich leid zu tun.

Liz verlor komplett die Fassung, als Bella sie umarmte.

Sie hatte keine Familie; Bella und Harrison waren die einzigen Menschen in ihrem Leben, denen sie tatsächlich etwas zu bedeuten schien. Es fühlte sich zwar so unglaublich gut und richtig an, mit Harrison zusammen zu sein, er schien wie für sie gemacht. Doch wenn es notwendig war, würde sie eine Liaison mit einem Mann immer gegen eine lebenslange Freundschaft mit ihrer besten Freundin eintauschen. Es gab unzählig viele Männer auf der Welt, aber nur eine beste Freundin.

„Es tut mir so wahnsinnig leid“, schluchzte Liz. „Du bist meine beste Freundin.“

„Du bist auch meine beste Freundin“, erwiderte Bella.

„Ich beende es mit ihm. Ich verspreche es dir.“

Die beiden drückten sich noch einmal, bevor der Fahrstuhl unten ankam. Bella zupfte sich die Klamotten zurecht und verschwand in Richtung des Parkhauses. Liz kehrte zurück zu ihrem Hotelzimmer, unsicher, was die heutigen Ereignisse für ihre Freundschaft bedeuteten. Allerdings hatte sie die Hoffnung, dass sich die Dinge wieder einrenken würden.

„Na, das lief ja super“, seufzte Harrison mit einem leichten Lächeln, als Liz wieder im Hotelzimmer ankam.

„Das ist nicht witzig. Sie ist meine beste Freundin.“ Liz fing an, ihre Sachen zusammenzupacken. Auch sie würde heute wieder nach New York City fliegen.

„Sie wird drüber hinwegkommen; Bella war schon immer eine kleine Drama Queen. Wart’s ab, sie wird es bald toll finden, dass wir zusammen sind."

„Wir sind nicht zusammen. Das hier darf nie wieder passieren."

„Komm schon, jetzt triff keine überstürzten Entscheidungen."

„Ich meine es ernst, Harrison. Ich habe Bella versprochen, dass wir das hier beenden." Liz wollte sich fest entschlossen anhören, doch sie merkte schnell, dass sie sich nicht sicher war, ob sie ein solches Versprechen wirklich würde halten können.

Harrison stellte sich hinter Liz, als sie ihre Taschen packte. Langsam schlang er seine Arme um ihre Taille und fing an, ihren Nacken zu küssen. Es fühlte sich so gut an, sie so nah bei sich zu spüren; Harrison würde ganz bestimmt nicht zulassen, dass seine Tochter der Grund dafür war, Liz aufzugeben. Liz war genau das, was Harrison gesucht hatte. Wunderschön, intelligent, fleißig, unterhaltsam. Bella würde darüber hinwegkommen müssen.

„So einfach wirst du mich nicht los", flüsterte er Liz ins Ohr.

Liz fühlte, wie ihre Knie weich wurden. Dieser Mann war einfach zu wunderbar, um nein zu sagen. Wie hatte sie nur denken können, es würde so leicht sein?

„Oh, werde ich nicht?", fragte Liz lächelnd.

„Du weißt doch selbst, dass du es gar nicht beenden willst“, sagte Harrison, während seine Hände weiter über ihren Körper wanderten.

Er hatte recht. Es war unglaublich hart, ihn abzuweisen. Alleine das Gefühl, in seinen Armen zu liegen, war wundervoll. Es gab ihr eine Sicherheit, die sie sonst selten verspürten. Sie wollte, dass dieser Moment für immer anhielt. Doch wenn Liz ihm wirklich wichtig war, dann würde er verstehen müssen, wie viel ihr die Freundschaft zu Bella bedeutete. Er würde akzeptieren müssen, dass sie es langsamer angehen lassen mussten. Liz brauchte eine Pause.

„Ernsthaft, Harrison. Lass uns eine Pause einlegen. Gib Bella ein wenig Zeit, um runterzukommen.“

„Wirklich? Was ist, wenn sie niemals runterkommt?“ Harrison gefiel diese Vorstellung absolut nicht.

„Tja, vielleicht ist das so. Dann wird das Leben auch weitergehen.“

„Aber mein Leben soll nicht ohne dich weitergehen. Mir gefällt das nicht. Was, wenn ich dich sehen will? Was, wenn ich mich um dich kümmern will?“ Harrison wollte Liz jede Nacht in seinem Bett haben. Er wusste, wie hart ihr Leben war, und genau das wollte er ändern.

„Dich um mich kümmern?“

„Ja“, sagte Harrison, als er einen Schritt von Liz zurücktrat. „Ich werde für deine Studiengebühren zahlen und dir ein Apartment kaufen. Wir können es vor Bella geheim halten." Harrison schien stolz auf sein Angebot zu sein und merkte überhaupt nicht, wie sehr es Liz erniedrigte.

# Kapitel 21

„Was? Nein!“ sagte Liz und löste sich aus Harrisons Umarmung, um ihm ins Gesicht zu sehen.

„Was meinst du damit, nein?“ Harrison sah wütend aus. „Ich kann dir mit meinem Geld kaufen, was ich will.“

Harrison kannte es nicht, dass eine Frau nein zu ihm sagte, insbesondere dann nicht, wenn er ihr Leben verschönern wollte. Er konnte nicht verstehen, warum Liz sich so aufregte. Schließlich wollte er doch nur, dass ihr Leben einfach wurde und sie mehr Zeit ihm verbringen konnte. Dass sie jetzt so reagierte, verärgerte ihn.

„Ich bin kein Fall für die Wohlfahrt“, zischte Liz.

„Ich weiß. Aber ich habe das Geld, und es würde mir besser gehen, wenn ich dir damit ein paar Dinge bezahlen könnte. Es ist mein Geld. Es ist lächerlich, wenn du das ablehnst.“

Liz merkte, dass Harrison anscheinend immer seinen Willen bekam. Zumindest schien er das gewohnt zu sein. Natürlich würde es für sie einfacher sein, wenn sie das Geld annahm. Doch die Vorstellung, dass er dachte, sie kaufen zu können, machte sie verrückt.

„Ich danke dir für dein Angebot, aber ich bin keine Hure, die man mit Geld kaufen kann." Je mehr sie darüber nachdachte, umso abstoßender fand sie die Vorstellung. Sie hatte mit ihm nicht wegen seines Geldes geschlafen, und ein solches Angebot war einfach nur erniedrigend.

„Nochmal. Ich kann mit meinem Geld tun und lassen, was ich will. Also kann und werde ich dir die Uni bezahlen. Das macht dich nicht gleich zu einer Hure, ich frage mich auch, wie du auf so etwas kommst. Im Gegenteil, das macht dich zu einer cleveren Frau, die es wertschätzt, wenn jemand nett zu ihr ist." Harrison wartete nicht auf eine Antwort, sondern ging zur Tür.

Liz stand ein wenig überrumpelt im Zimmer. Er war so entschlossen.

„Fein. Du kannst meine Studiengebühren übernehmen. Aber ich werde mein eigenes Apartment finden und auch bezahlen." Liz wollte sich zumindest einen Rest an Unabhängigkeit bewahren. „Und wir werden nicht weiter miteinander schlafen. Zumindest vorerst nicht." Liz wusste, dass es hart sein würde, Harrison für immer aufzugeben, aber momentan war das die beste Lösung.

Harrison drehte sich um und gab Liz einen leidenschaftlichen Kuss. Sofort spürte sie wieder die vertraute Hitze in ihren Lenden und ihre Knie wurden weich. Sie schlang ihre Arme um seinen Hals. Es fühlte sich so gut an… wie sollte sie es nur aushalten, darauf zu verzichten?

„Okay, meine Liebe. Kein Sex. Kein Küssen. Gar nichts mehr.“ Harrison zwinkerte ihr zu und verließ das Hotelzimmer.

Es sah so aus, als wollte er versuchen, sich an ihr Versprechen gegenüber Bella zu halten. Doch Liz sah in seinen Augen, dass er nicht im Geringsten davon ausging, dass Liz die Finger von ihm lassen konnte. Sie konnte ihr Verlangen nach ihm anscheinend nur schlecht verstecken. Trotzdem musste sie versuchen, ihm in der nächsten Zeit aus dem Weg zu gehen, um ihre Freundschaft mit Bella wieder zu kitten.

Außerdem ärgerte es sie immer noch, wie sehr er darauf bestanden hatte, die Uni für sie zu bezahlen. Hatte sie sich vielleicht getäuscht, und er war doch nicht so ein netter Kerl? Als sie sein Angebot abgelehnt hatte, kam eine Seite an ihm zum Vorschein, die sie so noch nicht gekannt hatte.

Trotz alledem fiel es ihr schwer, auf dem Rückflug an etwas Anderes zu denken als die vergangene Nacht. Sie erinnerte sich lebhaft an seine Hände auf ihrem Körper, an das Gefühl, wie er in sie eingedrungen war. Sie kam kaum zur Ruhe, denn immer wenn sie die Augen schloss, erwachte in ihr das Gefühl, dass Harrison mit seinem Prachtexemplar in sie hineinstieß. Allein die Vorstellung daran ließ sie wieder feucht werden.

Es würden schwierige Wochen werden, die vor ihr lagen, wenn sie Harrison tatsächlich aus dem Weg gehen wollte. Sie entschied, dass sie sich voll auf ihren Job und die Uni konzentrieren wollte. Sie musste, so gut es eben ging, Anrufe,

SMS und auch sonstigen Kontakt mit Harrison vermeiden. Es war der einzige Weg, um die Freundschaft mit Bella wieder zu verbessern.

Gerade, als sie sich selbst ein wenig mehr davon überzeugt hatte, dass es klappen könnte, entsperrte sie ihr Handy. Es zeigte einen verpassten Anruf von Harrison – allerdings musste das noch in Boston gewesen sein. Als sie gelandet war und wieder Netz hatte, bekam sie direkt eine SMS.

*Meine Assistentin ist immer noch krank, kannst du ihren Posten für einige Wochen einnehmen? $5000 pro Woche.*

Verdammt, was war das denn jetzt?

*

Es dauerte Stunden, bevor Liz antwortete. Sie hatte Für und Wider gegeneinander abgewogen, bis sie schließlich zusagte. Sie konnte in vier Wochen so viel Geld verdienen wie in zwei Jahren mit ihren jetzigen Nebenjobs. Sie konnte ihren Abschluss machen und dann komplett auf eigenen Beinen stehen. Es wäre verrückt gewesen, nein zu sagen.

Allerdings gab es jetzt ein großes Problem: Als seine Vollzeitassistentin zu arbeiten hieß gleichzeitig, andauernd in seiner Nähe zu sein. Sie würde all ihre Willenskraft benötigen, um das auszuhalten.

Um sich vorzubereiten, erstellte Liz eine Liste mit Dingen, die sie an Harrison nicht mochte. Wenn sie dann mal einen schwachen Moment haben sollte, in dem sie seiner Ausstrahlung erlag, würde sie sich diese Liste anschauen und ihn abweisen.

Allerdings fiel es ihr sehr schwer, überhaupt Dinge zu finden, die sie auf die Liste schreiben konnte. Er war rechthaberisch. Er war manchmal überheblich und anmaßend. Er wollte immer, dass es nach seiner Nase lief. So weit so gut.

Dann kamen ihr die guten Dinge in den Kopf, die sie mit Harrison verband. Seine sanften Hände fühlten sich wie Seide auf ihrer Haut an. Er war eine großzügige und von Natur aus positive Person. Er war ein toller Vater für Bella. Seine Augen blickten bis in ihre Seele, so als ob die beiden sich schon jahrelang kennen würden. Er war nett zu ihr. Man konnte sich gut mit ihm unterhalten, er war intelligent und eloquent. Seine Lippen waren unglaublich.

Oh Gott, wie sollte sie sich nur je von ihm fernhalten können?

# Kapitel 22

Liz versuchte hartnäckig, Augenkontakt mit Harrison auf der Arbeit zu vermeiden. Sie konzentrierte sich während ihres neuen Jobs voll und ganz darauf, eine hervorragende Assistentin zu sein, aber das war auch alles, was sie für Harrison sein wollte. Sie durfte das Versprechen gegenüber Bella nicht brechen.

Harrison hingegen versuchte bei jeder Gelegenheit, Liz' Willenskraft zu testen. Er wusste, dass sie ihn begehrte und wie schwer es ihr fallen musste, professionell zu bleiben. Jeden Tag versuchte er, mit ihr zu flirten. Einmal sprach er sogar direkt aus, dass sie ihre Beziehung einfach fortführen und vor Bella geheim halten sollten.

„Bella wird darüber hinwegkommen. Sie hat die ganze Sache überdramatisiert", sagte er an einem Freitagnachmittag.

Auch wenn Liz das gerne glauben wollte und sich nichts mehr wünschte, als dass ihre beste Freundin ihr und Harrison ihren Segen gab, hatte sie nicht vor, irgendetwas zu riskieren. Bella und Liz hatten sich in den vergangenen Wochen wieder soweit angenähert, dass man von einer normalen Freundschaft sprechen konnte, auch wenn sie beide sehr beschäftigt waren. Liz war nur am arbeiten und Bella hing mit ihren anderen

Freunden ab. Doch in der Regel schafften sie es, sich zumindest einmal am Wochenende zu treffen.

„Ich werde es nicht drauf ankommen lassen, Harrison. Ich bin deine Assistentin, und mehr nicht“, sagte Liz.

Liz arbeitete sogar noch an ein bis zwei Abenden in der Woche in der Bar als Kellnerin, obwohl sie wusste, dass das eigentlich nicht nötig war. Obwohl Harrison ihr die Studiengebühren bezahlte und sie auch als seine Assistentin unglaublich gut verdiente, redete sie sich ein, noch mehr verdienen zu müssen. Sie fühlte sich nie wirklich finanziell abgesichert. Woher sollte sie das Gefühl auch kennen? Die letzten Jahre waren immer ein Kampf gewesen, und sie hatte keine Familie, auf die sie sich verlassen konnte.

Eines Abends beschlossen Liz und Bella zusammen mit einigen Freundinnen tanzen zu gehen. Sie waren schließlich beide Single, also konnten sie auch mal wieder die Sau rauslassen. Bella hatte zuvor schon versucht, Liz einigen Kerlen vorzustellen, aber Liz hatte nie Interesse gehabt. Ihre Ausrede war immer die Arbeit gewesen, zumindest hatte sie Bella das gesagt.

Das stimmte zwar auch irgendwie, aber die eigentliche Wahrheit war, dass Liz tief innen spürte, dass sie immer noch Harrison wollte. Manchmal stellte sie sich vor, wie Bella wie durch ein Wunder einverstanden war, dass die beiden ein Paar sein konnten. Doch damit war nicht zu rechnen.

An diesem Abend gingen die Mädels zum Essence Dance Club um sich zu amüsieren. Liz tat so, als habe sie Spaß, während sie Bella auf der Tanzfläche zuschaute (die tatsächlich Spaß hatte), bis ihre Freundin zu ihr rüberkam und sie hinter sich her zog.

„Liz, komm schon! Du musst mal richtig abrocken!“, schrie Bella gegen die laute Musik an.

„Ich bin so müde, Bella, übernimm du das mit dem Abrocken“, antwortete Liz. Sie war wirklich kaputt und wollte sich lieber ausruhen. Abgesehen davon, hatte sie viel zu wenig getrunken, um unbeschwert tanzen zu können. Sie hatte sich von Bella zu diesem Abend nur überreden lassen, weil sie immer noch das Gefühl hatte, ihrer Freundin etwas schuldig zu sein. Es lief wieder richtig gut zwischen den beiden und so sollte es weitergehen – wenn das hieß, öfter rauszugehen und mit Bella Party zu machen als ihr eigentlich lieb war, dann war das eben so. Sie würde es für Bella tun.

„Mach dich mal locker. Feier ein bisschen ab, hab Spaß!“, sagte Bella, während sie um Liz herumtanzte. Im Gegensatz zu Liz hatte sie schon einen ordentlichen Pegel.

Schließlich zog sie ihre Freundin einfach mit auf die Tanzfläche und zwang sie dazu, mit ihr zu tanzen. Zunächst fühlte Liz sich unwohl in ihrer Haut, doch mit zunehmender Dauer merkte sie, wie gut es tat, etwas Dampf abzulassen und den Stress abzubauen. Die beiden tanzten den ganzen Abend lang und machten nur ab und zu Pause, um einen Drink nachzuschütten.

Je mehr der Alkohol Wirkung zeigte, umso lockerer gab Liz sich auf der Tanzfläche, was auch vielen Männern nicht entging. Langsam aber sicher verschwamm die Nacht vor ihren Augen.

Liz war längst nicht so gut in Form was das Partymachen anging wie Bella, und bald drehte sich alles. Sie musste sich setzen.

„Mir geht's gut, tanz du nur weiter. Ich brauch einfach eine kleine Pause“, beruhigte sie Bella.

Stark angetrunken saß Liz im Club und dachte über ihr Leben nach, als plötzlich der starke Drang in ihr wuchs, Harrison anzurufen. Unter normalen Umständen hätte sie diesem Drang mit Vernunftsargumenten widerstehen können, doch nicht mit so viel Alkohol intus. Ihre Triebe übernahmen die Kontrolle.

„Liz? Ist alles in Ordnung?“, fragte Harrison, als er schlaftrunken abnahm.

Es war fast 2 Uhr nachts. Keine gewöhnliche Zeit für eine Assistentin, ihren Boss anzurufen. Eigentlich war es überhaupt ungewöhnlich, dass sie bei ihm anrief, nachdem sie die vergangene Zeit so auf Abstand gegangen war.

„Ich vermisse deine Hände auf meinem Körper“, sagte Liz laut, um bei der lauten Musik überhaupt verstanden zu werden.

„Oh, tatsächlich?", fragte Harrison, während er sich wieder ins Bett legte. Anscheinend war dies kein Notfallanruf, sondern lediglich ein Betrunkenheitsanruf.

Harrison spielte aber gerne mit. Er wollte Liz, seitdem sie aus Boston wieder da waren, aber sie beharrte darauf, dass das nicht ging. Vielleicht war das die ideale Gelegenheit, um sie vom Gegenteil zu überzeugen.

„Ja. Ich will deine Hände auf mir spüren. Jetzt", sagte Liz.

Sie konnte sich noch zu gut daran erinnern, wie schön das Gefühl war. Jede Nacht, bevor sie die Augen schloss, wünschte sie ihn neben sich. Es brachte sie um den Verstand, ihre Gefühle weiterhin für ihn zu verleugnen.

„Komm zu mir. Ich kann meine Hände noch heute Nacht auf deinem Körper haben", bot er ihr an.

„Oh, das will ich. Ich will in deinem Bett sein." Es stimmte. Liz wollte am liebsten den Club verlassen und direkt zu seinem Haus fahren.

„Ja. Ich will meine Lippen jeden Zentimeter deines nackten Körpers erforschen lassen", antwortete Harrison, während er die Augen schloss und sich daran erinnerte, wie gut Liz schmeckte.

Sein Ding wurde hart wenn er nur an sie dachte. Harrison wollte, dass sie zu ihm kam. Er wollte sie auf sein Bett legen und so durchnehmen, dass sie immer wieder für ihn zum

Orgasmus kam. Er legte seine Hand auf sein hartes Glied und fing an es zu reiben.

„Ich sollte mich auf den Weg zu dir machen. Ich will dich unbedingt“, sagte Liz. Als sie bemerkte, dass Bella von der Tanzfläche auf sie zukam, legte sie schnell auf.

„Wer war das?“, fragte Bella.

„Oh, nur eine Kollegin von der Arbeit“, sagte Liz.

„Aha. Dafür hast du ziemlich viel gegrinst und gelächelt. Bist du dir sicher, dass es nicht ein neuer Schwarm war?“, scherzte Bella, während sie Liz am Arm packte und wieder auf die Tanzfläche zog.

Harrison versuchte, Liz erneut anzurufen, aber es antwortete nur die Mailbox. Er hinterließ ihr eine Nachricht und blieb noch eine Zeit lang wach. Erst dachte er, Liz würde wohlmöglich tatsächlich noch vorbeikommen. Da sie einen Ersatzschlüssel hatte, könnte sie immer rein, wann sie wollte. Doch nach einer Zeit schlief er ein, überzeugt davon, dass sie sich am nächsten Tag wahrscheinlich nicht mal mehr daran würde erinnern können, dass die beiden telefoniert hatten, so betrunken wie sie geklungen hatte.

# Kapitel 23

Am nächsten Morgen wachten Bella und Liz in Liz‘ neuer Wohnung auf. Die beiden waren total zerstört von der Partynacht und hatten einen unglaublichen Kater. Liz hatte einen solchen Kater schon seit Jahren nicht mehr erlebt. Sie fühlte sich zum Kotzen.

„Ich bin mir ziemlich sicher, dass mein Gehirn jeden Moment explodiert“, sagte Bella, während sie versuchte, unfallfrei von der Couch bis zum Badezimmer zu gelangen.

„Meines ist schon explodiert“, sagte Liz mit geschlossenen Augen.

„Meine Güte, wie viel haben wir gestern getrunken?

„Bella, du hast schon beim Vorglühen mehr getrunken als jeder Normalsterbliche sollte“, scherzte Liz.

Die Mädels verbrachten fast eine Stunde damit aus dem Bett zu kommen und aufzuwachen, bevor sie versuchten, etwas Essbares zu sich zu nehmen. Das hier war es, was Liz so sehr am Trinken hasste. Die Morgen danach waren einfach der reinste Horror. Sie wollte nichts lieber als sich wieder in ihrem Bett verkriechen.

Nach dem Frühstück verzog sich Bella wieder unter die

Decke auf der Couch, während Liz unter der Dusche stand. Als sie in ihren Kellnerklamotten aus dem Bad kam, fiel Bella fast vom Glauben ab.

„Liz, du willst wirklich arbeiten gehen?"

„Von wollen kann keine Rede sein. Aber ich gehe, ja."

„Ruf doch da an. Bleib hier und chill noch etwas mit mir", versuchte Bella sie zu überreden.

„So funktioniert die reale Welt dort draußen leider nicht. Ich muss arbeiten", erwiderte Liz.

„Kein Grund gleich zickig zu werden."

„Wie auch immer. Du bist verwöhnt Bella. Du weißt nichts über die reale Welt." Liz wollte gehen, nachdem ihr das rausgerutscht war, aber sie hatte bei Bella einen Nerv getroffen. Liz tat es fast schon wieder leid, dass sie es gesagt hatte. Vielleicht lag es an ihrem Kater, oder an der Tatsache, dass Bella etwas gegen ihre Affäre mit Harrison hatte.

„Ich weiß also nichts von der realen Welt? Ist das dein Ernst?"

„Ja. Ich meine, dein Dad zahlt doch für alles. Egal was du machst, er hilft dir immer aus der Patsche. Du weißt nicht, wie es ist, wenn man für sich selbst sorgen muss." Liz hatte keine Lust mehr, darüber zu diskutieren, doch sie konnte die Worte nicht stoppen.

„Ich bin keine verzogene Göre, wenn es das ist, was du

sagen willst“, sagte Bella, während sie aufstand und ihre Sachen zusammensuchte.

Sie wollte auf keinen Fall hier bleiben, wenn ihre Freundin so motzig war. Es war einfach lächerlich, auf welch hohem Ross Liz saß, nur weil sie eine Million Jobs gleichzeitig hatte und zur Uni ging. Deshalb war noch längst nicht jeder, der das nicht tat, verwöhnt oder verzogen.

„Du bist verwöhnt, Bella“, sagte Liz. Sie wollte es mit einem Lächeln auflockern, doch Bella bekam davon nichts mit. Sie war im Verteidigungsmodus, und Liz bekam die volle Breitseite.

„Es tut mir leid, wenn du meinst dich halb zu Tode schuften zu müssen, nur um irgendetwas zu beweisen oder glücklich zu sein“, schrie Bella und stürmte aus der Wohnung.

Liz fiel mit einem Seufzer auf ihr Sofa, als die Tür in die Angeln knallte. Sie wusste selbst nicht, was los war. Vielleicht hatte sie einfach nur ihren Schlafmangel und ihre schlechte Laune an Bella ausgelassen. Sie fühlte sich miserabel und wollte es wieder gut machen, doch dafür war jetzt keine Zeit. Vor ihr lag ein langer Tag in der Bar. Bella würde es nicht verstehen, aber Liz war fest entschlossen den Kellnerjob zu behalten, bis sie ihren Abschluss hatte.

Die Schicht zog sich endlos hin, und immer wieder musste Liz an Bella denken. Hatte sie die gerade wieder gekittete Freundschaft erneut kaputt gemacht? Sie hatte so viel investiert nach der Sache in Boston, um alles wieder ins Reine zu bringen. Jetzt alles wegen so einem blöden Streit wieder zu ruinieren schien mehr als dumm.

Liz textete Bella, dass es ihr leid tat, doch sie erhielt keine Antwort. Den nächsten Tag verbrachte sie fast komplett im Bett, um sich von der Party am Freitag und der Arbeit am Samstag zu erholen. Sie brauchte diesen Sonntag, um den Akku wieder aufzuladen, schließlich lag morgen eine neue Arbeitswoche vor ihr.

Es waren nur noch wenige Wochen bis zur Abschlussprüfung, und Liz wollte diesen Abschluss um jeden Preis. Sie war auf der Ziellinie, und weder Harrison noch Bella würden sie davon abbringen, ihr Ziel zu erreichen.

Sie hoffte einfach, dass Bella sich mit der Zeit wieder beruhigen würde. Sie hatten auch früher schon gestritten, das passierte bei Freundinnen einfach auch mal, und meistens war nach einigen Tagen wieder alles vergessen. Liz hoffte, dass auch diesmal eine kräftige Umarmung und eine aufrichtige Entschuldigung die Dinge wieder geraderücken würden.

Nachdem sie fast den kompletten Sonntag verschlafen und gefaulenzt hatte, fühlte sie sich am Montagmorgen frisch und erholt, um die neue Woche anzugehen. Was sie allerdings nicht mehr bedachte, war ihr Anruf bei Harrison Freitagnacht. Sie hatte ihre Voicemails nicht gecheckt und ahnte nichts Böses, als sie am Montagmorgen ins Büro ging.

# Kapitel 24

„Na hallo kleine Lady, wie war dein Wochenende?“, grinste Harrison über das ganze Gesicht, als Liz ihm im Büro entgegenkam.

Liz tat das als erneuten Flirtversuch von Harrison ab und ging nicht weiter darauf ein. Sie musste immer noch an ihren Streit mit Bella denken, und es ärgerte sie immer mehr, dass ihre Freundin sich nicht bei ihr zurückmeldete.

Während Harrison in einer wichtigen Besprechung Verhandlungen durchführte, setzte Liz sich an ihren Schreibtisch im Vorzimmer und starrte ins Nichts. Sie überlegte krampfhaft, wie sie die ganze Sache mit Bella wieder hinbiegen konnte, doch ihr wollte einfach nichts einfallen. Es schien hoffnungslos.

Bevor sie sich versah, strömten ihr die Tränen übers Gesicht. Gedanken an die Zeit, als ihre Mutter noch lebte und sie selbst ein glückliches Leben gehabt hatte, überkamen sie. Sie vermisste ihre Mom so sehr. Meistens schaffte sie es, sich nach außen hin nichts anmerken zu lassen, aber jetzt im Moment fühlte sie sich wie der einsamste Mensch der Welt. Sie wusste einfach nicht mehr weiter.

Sie war so vertieft in ihre dunklen Gedanken, dass sie erst

jetzt bemerkte, wie das Telefon auf ihrem Schreibtisch klingelte. Es war Harrison, der sie aus dem Besprechungsraum anrief.

„Ja bitte?“, antwortete Liz und versuchte sich nicht anmerken zu lassen, dass sie gerade geweint hatte.

„Kannst du einmal rüberkommen und die ganzen Verträge hier zusammenpacken? Sie müssen in mein Büro.“

„Klar, ich bin gleich da.“ Liz wischte sich so gut es ging die Tränen aus dem Gesicht und ging in das Besprechungszimmer. Als sie eintrat, blickte sie ihn bewusst nicht an.

Sie ging schnell um den großen Konferenztisch herum und sammelte die Verträge ein. Es schien so, als sei Harrison noch in eines der Dokumente vertieft, weshalb sie einfach um ihn herum einsammelte. Doch als sie an ihm vorbeiging, packte er sanft ihr Handgelenk.

„Also willst du nicht über die Voicemail sprechen, die ich dir hinterlassen habe?“, fragte er lächelnd.

„Was? Wann hast du mir eine Voicemail hinterlassen?“ Liz macht den Fehler, Harrison vor Überraschung direkt in die Augen zu schauen.

„Liz, was ist los?“, fragte er und stand auf, um sie in den Arm zu nehmen.

Liz versuchte ihn abzuwehren, sie wollte ihm sagen, dass alles gut war, doch sie hatte keine Kraft dazu.

„Bella und ich hatten einen schrecklichen Streit am Wochenende. Ich habe ihr vorgeworfen, sie sei verwöhnt, und jetzt ist sie sauer“, schluchzte Liz.

„Sie ist verwöhnt“, lachte Harrison. „Und deshalb weinst du?“

„Nein.“

„Warum dann?“

„Weil ich niemanden in meinem Leben habe, der sich wirklich um mich sorgt. Ich fühle mich so schrecklich einsam.“

„Du bist nicht alleine, Liz. Ich sorge mich um dich.“

Harrison zog sie noch näher zu sich. Zuerst hatte er gedacht, es wäre nur ihre sexuelle Anziehungskraft, die es ihm angetan hatte, aber nach einer Woche mit ihr in Boston und der Arbeit in den vergangenen Wochen in New York bewunderte Harrison Liz. Sie arbeitete hart und beschwerte sich nie. Doch nicht nur das, sie hatte gleichzeitig auch kreative Ideen um die Arbeit im Büro zu verbessern. Dinge, auf die er selbst nicht gekommen wäre.

„Es tut mir leid. Ich habe einfach einen schlechten Tag“, sagte Liz und versuchte sich von Harrison zu lösen.

Doch Harrison ließ sie nicht gehen. Es fühlte sich so gut an, sie in seinen Armen zu halten. Er hasste es, sie weinen zu sehen, auch wenn er so ihre verletzliche Seite sah. Bislang kannte er nur die starke Liz, die niemanden zu nah an sich heranließ. Es war schön, sie auch einmal so zu erleben.

Es dauerte nicht lange, da presste er seine Lippen auf ihre.

Liz versuchte nicht einmal, sich zu wehren. Sie fühlte sich so erschöpft und er gab ihr neue Kraft. Sie ließ ihre Hand unter sein Hemd wandern und fühlte seine harten Bauchmuskeln. Das ganze Verlangen, die gesamte sexuelle Spannung, die sich zwischen den beiden seit der Nacht in Boston aufgebaut hatte, schien jetzt auf dem Siedepunkt. Es war mehr, als die beiden aushalten konnten.

Harrison hob Liz auf den Konferenztisch und küsste sie leidenschaftlich. Er genoss das Gefühl ihrer Weichen Haut an seinen Lippen; es war, als käme er wieder nach Hause. Liz so nah bei sich zu spüren, so verletzlich – er wollte, dass dieses Gefühl für immer blieb.

Liz bemerkte, wie zurückhaltend Harrison sie küsste und berührte, fast so, als habe er Angst, etwas zu zerbrechen. Er war auch beim letzten Mal zärtlich gewesen, aber dabei nicht so vorsichtig wie heute. Jeder Kuss war sehr sanft, jede Berührung seiner Hand war weich. Das alles machte sie nur noch mehr an.

Harrison zog ihr den Rock hoch und ließ langsam ihren Slip nach unten gleiten. Zärtlich liebkoste er ihre feuchte Mitte mit seiner Zunge, bevor er selbst seine Hose runterließ und seinen versteiften Penis in sie einführte.

Er hielt Liz nah an sich gedrückt, als er immer wieder in

sie eindrang. Liz fühlte sich wie berauscht. Sie wollte Harrison für immer so nah sein.

Langsam aber sicher steigerte Harrison seine Intensität, und die Leidenschaft ergriff die beiden voll und ganz. Er stieß immer schneller zu und küsste Liz jetzt sehr leidenschaftlich, während Liz merkte, wie sich ihr Orgasmus näherte. In perfekter Synchronität verschmolzen die beiden zu einem Ganzen, und als Harrison mit voller Wucht in sie abspritzte, ließ auch Liz ihren Höhepunkt durch ihren Körper rauschen.

Körperlich und emotional erschöpft, lehnte Liz sich an Harrison.

## Kapitel 25

Liz wollte sich nicht bewegen. Sie wollte für immer so in Harrisons Armen liegen. Es fühlte sich einfach perfekt an.

„Du hast dir also nie meine Voicemail angehört?“, fragte Harrison grinsend.

„Nein. Was hast du mir drauf gesprochen?“

„Sag ich dir nicht. Du wirst es dir schon selbst anhören müssen“, sagte Harrison, während die beiden vom Besprechungsraum zurück zum Hauptbüro gingen.

„Oh komm schon. Sag’s doch einfach“, flehte Liz.

„Nein, es ist besser, wenn du es dir anhörst.“

„Fein. Dann werd ich das jetzt direkt machen.“ Liz holte ihr Handy raus und rief ihre Mailbox ab. Als sie Harrisons Stimme hörte, schoss ihr die Röte ins Gesicht.

*Du hast mich angerufen, weil du anscheinend unheimlich betrunken bist. Du hast mir gesagt, dass du meine Hände auf deinem Körper haben willst… und genau das will ich auch. Ich glaube, wir sollten diese Albernheiten sein lassen und einfach zusammen sein. Bella wird lernen, damit umzugehen. Das Leben ist zu kurz, um nicht mit dem Menschen zusammen zu sein, für den man bestimmt ist.*

Dann war die Nachricht zu Ende.

Liz blickte Harrison an, der über das ganze Gesicht grinste.

„Und, was meinst du?“, fragte er.

„Ich weiß nicht. Wie sollen wir das Bella je beibringen?“ Liz wollte ja sagen, sie wollte es wirklich.

„Wie wäre es, wenn wir uns darüber jetzt erst einmal keine Gedanken machen. Wir sagen es ihr, wenn die Zeit reif ist.“

„Naja, sie ist sowieso gerade sauer auf mich, also werden wir wohl relativ wenig miteinander reden“, lächelte Liz.

„Und ich bin fast nur am Arbeiten, weshalb ich ebenfalls wenig Kontakt mit ihr habe, bis auf ab und zu einen Anruf.“ Dann nahm er Liz‘ Gesicht in beide Hände und gab ihr einen langen Kuss.

„Harrison! Uns könnte jemand sehen!“, sagte Liz und versuchte, ihn von sich zu drücken.

„Na und? Es ist mir egal“, lächelte Harrison.

*

Auf dem Nachhauseweg an diesem Abend fühlte Liz sich so gut wie seit Wochen nicht mehr. Es war eine Erleichterung zu wissen, wie Harrison für sie fühlte. Es war kein Tag vergangen, an dem sie nicht an ihn gedacht hatte, und nun konnten die beiden auch außerhalb der Arbeit wieder zusammen sein. Natürlich war es riskant, wenn Bella etwas mitbekam, aber letztlich hatte Harrison recht. Sie würde lernen müssen, damit umzugehen. Und als Freundin gehörte es nach Liz‘ Meinung auch dazu, dem anderen sein Glück zu gönnen.

Als sie sich am nächsten Morgen für die Arbeit fertigmachte, entschied sie sich für ein sexy weißes Oberteil mit Spitze, von dem sie wusste, dass Harrison darauf abfahren würde. Sie kombinierte es mit einem engen roten Rock, der ihre Kurven bewusst betonte. Sie hoffte, dass Harrison überwältigt sein würde von ihrem Sex-Appeal. Liz wollte ihn nicht nur von der Arbeit ablenken, sie wollte ihn um den Verstand bringen.

Harrison bemerkte das neue Outfit in der Sekunde als Liz zur Tür hereinkam. Es war kein Vergleich zu den Wochen zuvor, in denen sie scheinbar absichtlich weite Klamotten getragen und sehr zurückhalten aufgetreten war. Harrison musste seine komplette Willenskraft aufbringen, um sie nicht ständig anzufummeln oder gleich hier auf ihrem Schreibtisch durchzuvögeln. Gestern Abend hatte er noch gescherzt, dass es ihm nichts ausmachen würde, wenn jemand sie erwischte, doch in Wahrheit war es ihm ganz und gar nicht egal.

Allerdings fiel es ihm schwer, darauf heute Rücksicht zu nehmen. Mitanzusehen, wie Liz in diesem engen Rock durch das Büro lief, brachte ihn fast um. Ihr perfekt geformter Hintern schrie geradezu danach von ihm berührt zu werden.

Als Liz einen Stapel Akten aus seinem Büro brachte und eines der Dokumente fallen ließ, war das der Tropfen, der das Fass zum Überlaufen brachte. Sie bückte sich weit nach vorne, um die Unterlagen aufzuheben. Harrison saß an seinem Schreibtisch und konnte einfach nicht wegsehen. Sein Schwanz schmerzte vor Verlangen nach ihr. Er musste sie haben.

Als Liz sein Büro in Richtung des Treppenhauses verließ, um die Dokumente nach unten zu bringen, folgte Harrison ihr. Er wartete, bis sie die Akten weggebracht hatte und wieder nach oben kam. Sobald sie oben an der Treppe angekommen war, blickte er sie erwartungsvoll an.

„Oh, Mr. Wellington. Wie kann ich Ihnen helfen, Sir?“, scherzte Liz.

Harrison packte Liz am Arm und zog sie in die Ecke des Treppenhauses.

„Du provozierst mich schon den ganzen Tag“, sagte er, während er ihr Oberteil aufknöpfte.

„Ich weiß nicht, was Sie meinen“, spielte Liz die Unschuldige.

„Oh, du weißt genau, was ich meine. Dieses Shirt. Dein Arsch. Ich halte es nicht mehr aus.“ Harrison drehte Liz um und öffnete den Reißverschluss an ihrem Rock, der langsam auf den Boden rutschte. Darunter kam ihre blanke Haut zum Vorschein, was Harrison nur noch mehr erregte. Liz war den ganzen Tag ohne Unterwäsche rumgelaufen.

„Oh, Mr. Wellington. Ich habe ganz vergessen, mir heute ein Höschen anzuziehen“, grinste Liz und lehnte sich nach vorne über das Treppengeländer. Sie war bereits so feucht, dass sie Angst hatte, sie könnte auslaufen.

„Oh Gott verdammt“, sagte Harrison und ließ seine Hosen runter, um seinen Schwanz rauszuholen. Er wollte ihn gerade in sie hineinschieben, als Liz ihn aufhielt.

„Nein, warte“, sagte Liz und drückte Harrison zurück in die Ecke.

„Was?“, fragte er, bis auch er bemerkte, dass noch jemand im Treppenhaus war, anscheinend einige Etagen unter ihnen. Niemand benutzte normalerweise das Treppenhaus um ganz nach oben zu kommen, dafür gab es den Lift. Doch sowohl Harrison als auch Liz standen wie angewurzelt nebeneinander und hofften, dass dies nicht eines der wenigen Male war, in denen jemand lieber die Treppe nahm.

## Kapitel 26

Nach einer gefühlten Ewigkeit waren die beiden sich sicher, dass die Gefahr, jemand könne von unten durchs Treppenhaus auf ihr Stockwerk kommen, vorbei war. Man hätte meinen können, dies hätte der sexuellen Spannung einen Abbruch getan, doch das Gegenteil war der Fall. Harrisons Glied war immer noch hart wie Stein, und Liz' warme Feuchtigkeit wartete nur darauf, dass er endlich zur Tat schritt. Erneut beugte sie sich über das Gelände, und Harrison zögerte keinen Moment, in sie einzudringen.

Liz versuchte, leise zu sein. In einem Treppenhaus von mehr als 30 Stockwerken wollte sie keinen unnötigen Lärm machen, so dass jemand von weiter unten sie hörte. Es war allerdings nicht gerade leicht, sich zusammenzureißen. Harrison stieß immer härter, und Liz wollte es am liebsten ausschreien.

Harrison selbst war mittlerweile an einem Punkt, an dem er nicht darüber nachdachte, ob sie von jemandem gehört wurden. Alles, was er wollte, war, dass Liz wieder so einen phänomenalen Orgasmus hatte, der ihren Körper wie ein Erdbeben erschütterte. Er griff von hinten um ihre Taille und ließ seinen Daumen ihre Klitoris reiben.

Auch wenn er schon spürte, wie sich sein eigener

Höhepunkt anbahnte, war er fest entschlossen, nicht eher zu kommen, bis Liz sich in voller Ekstase befand. Doch diesen Vorsatz konnte er nicht umsetzen, mit jedem Stoß in Liz' enge Spalte stieg seine Erregung. Er konnte sich nicht mehr zurückhalten und kam explosiv in Liz, wobei sich seine Rückenmuskeln immer wieder zusammenzogen.

Liz genoss ihren kleinen Sieg. Sie hatte so viel Spaß damit gehabt, Harrison zu verführen und heiß zu machen – das jetzt war die Krönung. Sie musste lächeln, weil sie gemerkte hatte, wie er versuchen wollte, seinen Orgasmus hinauszuzögern, letztlich aber doch seinem Drang nachgeben musste. Sie wollte dieses Spiel in jedem Fall wiederholen.

*

In den nächsten Wochen hatten Liz und Harrison eine fantastische Zeit zusammen, egal ob auf der Arbeit oder privat. Sie verbrachten die Tage damit, miteinander zu flirten und Spaß zu haben und die Nächte damit, eng umschlungen in den Armen des anderen zu liegen. Manchmal fragte Liz sich, warum sie ihre Beziehung nicht einfach offiziell machten und Bella einweihten. Je länger das ganze lief, umso schwieriger würde es werden, mit Bella reinen Tisch zu machen.

Im Prinzip logen sie sie immer noch an. Auch wenn Bella und Liz schon längere Zeit nicht mehr miteinander geredet hatten, fühlte Liz sich nicht gut mit der jetzigen Situation.

Harrison hingegen hatte einige Male mit seiner Tochter gesprochen, doch die meiste Zeit fragte er sie nur über die Uni aus. Er vermied es, über sein Leben zu reden und lenkte die Gespräche immer in eine andere Richtung, sobald sie die Gelegenheit dazu ergab. Allerdings war das bei seiner Tochter auch nicht allzu schwierig, da Bella gerne über sich und ihr Leben sprach.

Kurz vor Semesterende besuchte Bella ihren Vater in seinem Haus zum Abendessen.

„Und, hast du einen festen Freund?“, fragte Harrison.

„Nein, Daddy“, antwortete Bella und schob sich ein Stück Pizza in den Mund, die sie hatten kommen lassen. „Wade und ich haben Schluss gemacht. Ich brauche einfach meine Freiheiten.“

„Mhm. Was macht die Uni? Alles klar für die Klausuren?“

„Alles gut. Du siehst gut aus, Dad. Trainierst du in letzter Zeit?“

Harrison versuchte, sein Lächeln zu verbergen, aber es gelang ihm nicht. Er musste an die vielen Late-Night Workouts denken, die er und Liz in letzter Zeit gehabt hatten. Allerdings handelte es sich dabei um eine andere Form von Training, als die, an die Bella dachte.

„Ich trainiere, das stimmt“, sagte Harrison.

„Du siehst auch sehr glücklich aus. Wie läuft das Büro in Boston? Irgendwie wirkst du viel weniger gestresst als sonst.“ Bella freute sich für ihren Vater.

„Ja, es läuft zur Zeit wirklich gut, Bella. Ich bin sehr glücklich“, antwortete Harrison, und es war die Wahrheit. Er fühlte sich so glücklich wie seit vielen Jahren nicht.

Während des restlichen Abendessens wollte Harrison Bella rund ein Dutzend Mal von Liz erzählen. Sie musste es wissen. Und sie sollte es von ihm erfahren, nicht von Liz. Doch irgendwie schaffte er es nicht, das Thema anzuschneiden. Gerade jetzt, vor ihren Prüfungen, könnte es ein unpassender Zeitpunkt sein, fand er. Er entschied, bis nach den Klausuren zu warten. Dann war es immer noch früh genug.

„Wusstest du, dass Liz nächste Woche ihren Abschluss macht?“, fragte Bella plötzlich.

„Oh. Aha. Hängt ihr zwei immer noch so viel miteinander rum?“ Harrison wollte sich nicht anmerken lassen, dass er genau Bescheid wusste, was zwischen den beiden vorgefallen war. Schließlich verbrachte Liz fast jeden Abend bei ihm, manchmal war er sogar in ihrer Wohnung. Es war zwar klein, aber es war eine nette Abwechslung zu seinem Haus. Und das Bett war fantastisch, was das wichtigste war.

„Naja, wir hatten vor einiger Zeit einen Streit, weshalb wir nicht so viel unternommen haben. Aber das kommt immer mal vor, und meistens raufen wir uns wieder zusammen. Ist so ein Mädchending."

„Frauen. Ich werde euch nie ganz verstehen", lachte Harrison.

Bella wollte ihren Vater fragen, ob er und Liz tatsächlich nichts mehr miteinander hatten. Sie wusste, dass Liz aushilfsweise als seine Assistentin arbeitete, aber das war auch alles. Sie hatte sich fest vorgenommen, heute Abend etwas darüber rauszubekommen, aber als sie feststellte, wie glücklich ihr Vater war, wurde sie unsicher. Hatte er vielleicht eine neue Freundin? Oder traf er sich doch noch mit Liz?

So sehr Bella auch die Antwort auf diese Fragen haben wollte, so war sie sich gleichzeitig unsicher, ob sie bereit für die Wahrheit war.

# Kapitel 27

Bella hatte in den vergangenen Tagen immer wieder nach Liz an der Uni Ausschau gehalten, doch sie hatte sie nicht finden können. Schließlich traf sie sie am Tag vor dem Abschlussball in der Nähe der Mensa.

„Liz!“, schrie Bella und wedelte mit den Armen in der Luft.

Zunächst dachte Liz, Bella meinte jemand anders, doch als sie hinter sich blickte, sah sie niemanden. Also ging sie zu ihr rüber.

„Hi Bella, wie geht’s?“

Es kam Liz merkwürdig vor, dass Bella nicht sauer auf sie wirkte. Sie war während der vergangenen Wochen fest davon ausgegangen, dass Bella angepisst war, aber jetzt standen sie nebeneinander, als wäre alles in bester Ordnung. Auch wenn es ihr komisch vorkam, so war Liz gleichzeitig auch erleichtert.

„Liz, ich bin so froh dich zu treffen. Hast du deine Prüfungen hinter dir?“ Bella grinste und nahm Liz in den Arm.

„Ja, ich hab sogar schon die Ergebnisse. Ich kann es kaum fassen, aber ich habe es geschafft. Ich stehe irgendwie immer noch unter Schock.“

„Das ist ja fantastisch! Wer kommt alles zu deiner Zeugnisübergabe? Freunde, Verwandte?“ Bella klang so aufgeregt, als ginge es um ihren eigenen Abschluss. Sie freute sich für Liz, da sie wusste, wie viel diese in den letzten 5 Jahren dafür getan hatte.

„Nein… es kommt niemand.“ Liz bemühte sich, nicht zu bedauernswert zu klingen.

Doch es war die Wahrheit. Liz hatte niemanden, der zu ihrer Zeugnisverleihung kommen würde. Es gab ja nicht einmal Leute aus ihrer Familie, die so mal anriefen um zu hören, wie es ihr ging. Mit Glück passierte das an Weihnachten.

In diesem Moment realisierte Bella etwas, was sie zwar immer gewusst, aber nie so richtig hatte glauben können. Liz hatte keine wirkliche Familie. Rein technisch gesehen vielleicht schon, aber eben keine Familie, der sie wichtig war. Nicht einmal am Tag ihres Uniabschlusses.

Bella fühlte sich mit einem Mal unglaublich mies. Liz war buchstäblich allein, und auch wenn ihre Freundin ihr das schon oft gesagt hatte, verstand Bella es erst jetzt, als sie sich ausmalte, dass niemand zu Liz‘ Zeugnisverleihung erscheinen würde. Liz war taffer, als Bella es sich vorgestellt hatte.

Bella wusste, dass das bei ihr selbst anders laufen würde. In ihrer Familie gab es einen Kern von mindestens 12 Leuten, die kommen würden, egal worum es ging: Geburtstagspartys, Zeugnisverleihungen oder was auch immer.

„Naja, aber ich werde da sein!“, sagte sie mit einem Lächeln. „Ich meine, wenn du das möchtest.“

„Ja, natürlich! Das wäre toll.“

„Du siehst gut aus, Liz. Glücklich.“

Bella rätselte, was genau es war, dass Liz so fröhlich wirken ließ. Sie konnte es nicht genau sagen, aber irgendetwas war anders.

„Wahrscheinlich, weil ich endlich meinen Abschluss habe. Das ist aufregend, nach der ganzen Mühe.“ Liz wusste, dass dies die ideale Vorlage war, um Bella von Harrison zu erzählen, aber sie wollte diesen Moment nicht ruinieren.

Außerdem wollte Liz, dass Bella zu ihrem Abschluss kam. Wenn schon sonst niemand kam, wäre es schön, zumindest ihre beste Freundin dabei zu haben, wenn sie ihr Diplom entgegennahm.

„Ja, es ist so aufregend!“, sagte Bella euphorisch. „Und sonst, hast du einen neuen Macker?“

Liz rutschte ihr Herz in die Hose. Sie wollte diese Frage nicht beantworten, und sie wollte auch nicht lügen. Liz versuchte sich etwas auszudenken, mit dem sie davonkam.

„Ach weißt du, ich muss jetzt los. Ich freue mich, wenn wir uns morgen sehen“, sagte sie und umarmte Bella, die sich überraschenderweise damit abspeisen ließ.

Liz war glücklich, dass die beiden anscheinend wieder im

Reinen miteinander waren. Sie ging zurück zu ihrer Wohnung und packte ihre Sachen, bevor sie zu Harrison fuhr. Er hatte ein romantisches Dinner geplant, um ihren Abschluss zu feiern. Liz beeilte sich, denn sie freute sich auf einen entspannten Abend vor ihrem großen Tag.

## Kapitel 28

Liz war beeindruckt, wie romantisch Harrison in den vergangenen Wochen geworden war. Sie verbrachten extrem viel Zeit miteinander und machten, was Paare eben so machten. Sie gingen essen, sie unterhielten sich, sie kuschelten. Sie schauten zusammen TV, manchmal lagen sie auch einfach nur nebeneinander. Meistens aber lagen sie übereinander und liebten sich.

Liz und Harrison waren mehr oder weniger offiziell ein Paar. Seine Assistentin würde aus gesundheitlichen Gründen nicht mehr wiederkommen, weshalb Liz nun Vollzeit für ihn arbeitete. Auch wenn nach ihrem Abschluss einen Job im Marketing anstrebte, wollte sie Harrison auf der Arbeit nicht verlassen. Doch Harrison ermutigte sie, ihrem Traumjob nachzueifern. Diese Tatsache machte ihn noch liebenswerter für Liz, da er verzichtete, um sie glücklich zu sehen.

Ein Vorteil davon, wenn man in New York lebte, war es, dass es ausreichend Marketingjobs gab, ohne zu weit wegziehen zu müssen. Somit war die Gefahr einer großen räumlichen Trennung sehr gering. Zumindest, wenn die Firma keine Auslandsprojekte hatte.

An dem Abend vor der Zeugnisverleihung aßen sie

gemeinsam ihr Dinner und schmiedeten Pläne für die Zukunft. Als sie wieder auf das Thema Marketing kamen, bot ihr Harrison an, für seine Kanzlei im Marketingteam zu arbeiten, wenn sie nicht direkt etwas finden würde, auch wenn er wusste, dass sie das wahrscheinlich eher ihm zu Liebe machen würde, als dass es ihr Traumjob wäre.

„Aha, dann brauche ich aber eine Gehaltserhöhung", scherzte Liz.

Harrison stand auf und zog Liz von ihrem Stuhl. Dann hob er sie auf seine Arme und trug sie ins Schlafzimmer.

„Ich wüsste schon, wie ich deine Arbeit vergüten könnte", grinste er.

Sie blickte ihm tief in seine wunderschönen Augen.

„Ich bin so glücklich", sagte Liz.

Noch vor wenigen Monaten war sie eine Studentin gewesen, die zu schüchtern gewesen war, um Harrison anzuschauen. Im Gegenteil, sie hatte Todesangst gehabt, wenn sie auch nur mit ihm im gleichen Zimmer gewesen war, so als sei sie es nicht wert, einen solch tollen Mann wie ihn zu kennen. Geschweige denn zu haben.

Doch Liz hatte realisiert, dass sie es sehr wohl Wert war. Das Leben fühlte sich perfekt an und sie hatte es sich verdient. Nun ja, fast perfekt. Es gab immer noch das Geheimnis vor Bella und die Frage, wie sie darauf reagieren würde, wenn sie rausbekam, was zwischen Liz und Harrison lief. Doch das musste bis zu einem anderen Tag warten.

„Ich bin auch verdammt glücklich, Liz“, erwiderte Harrison und warf sie auf sein Bett.

„Oh, du siehst auch glücklich aus“, grinste Liz, als sie seinen strammen Penis sah, der gegen seine Hose drückte. „Und der kleine Harrison sieht ebenfalls glücklich aus.“

„Klein? Das hast du gerade nicht gesagt.“

„Doch, habe ich“, lachte Liz.

Harrison zog sein Hemd aus und warf Liz damit ab. Dann zog er seine Hose aus. Als er so nackt vor ihr stand, ragte sein steifes Ding in die Luft wie ein Wolkenkratzer.

„Erzähl mir nicht, dass hier heißt für dich klein“, sagte er mit gespieltem Trotz.

„Hm, komm mal näher ran, ich kann es so nicht sehr gut erkennen“, machte Liz weiter.

Harrison kniete sich auf das Bett direkt neben Liz‘ Kopf. Sein Glied war nur Zentimeter von ihrem Gesicht entfernt.

„Und jetzt?“

„Ich glaube, ich muss ihn in den Mund nehmen. Nur um eine bessere Vorstellung von seinen Maßen zu bekommen.“ Liz nahm seinen Schwanz genussvoll in ihren Mund.

Sein Körper reagierte darauf, indem er noch mehr Blut in Richtung Süden pumpte. Er liebte das Gefühl, wenn Liz‘ warme

Lippen seinen Schaft umschlossen. Er musste aufpassen, nicht direkt abzuspritzen.

Er ließ sie ein wenig lutschen, dann zog er ihr die Klamotten vom Leib. Dann legte er sich auf den Rücken und wartete, dass sie sich auf ihn setzte. Das war seine Lieblingsposition mit Liz, wenn sie ihn ritt wie einen Vollbluthengst.

Auf diese Weise konnte er ihren Gesichtsausdruck sehen, wenn sie auf ihm auf und abrutschte. Immer schneller bewegten sich ihre Hüften, und er konnte sehen, wie sich die Lust in ihr anstaute. Sie war so wahnsinnig feucht, es war unglaublich. Die Reibung war dementsprechend weniger stark, und er konnte seinen Orgasmus lange genug zurückhalten, bis Liz vor Freude aufschrie und ihre Scheide sich lustvoll um seinen Penis verkrampfte. In genau diesem Augenblick verlor auch Harrison das letzte bisschen an Selbstkontrolle und kam mit voller Wucht in Liz hinein. Dann ließ sie sich auf seine Brust fallen.

Es fühlte sich so schön, so vertraut miteinander zu sein. Sich dem anderen einfach hinzugeben und die volle Befriedigung zu erleben.

„Ich komme morgen zu deinem Abschluss“, sagte Harrison, während er Liz das Haar und den Rücken streichelte.

Liz hob ihren Kopf und blickte ihn an. So gerne sie das auch gewollt hätte, konnte sie es nicht riskieren, dass sowohl Harrison als auch Bella kommen würden. Bella würde sofort ahnen, was los war, wenn sie ihren Vater dort sah.

„Ich glaube nicht, dass das eine gute Idee ist. Bella kommt auch“, sagte Liz.

„Oh, dann habt ihr euch also wieder vertragen?“

„Ja, wir haben uns heute in der Mensa getroffen.“

„Das ist doch schön. Aber trotzdem möchte ich sehen, wie du dein Diplom bekommst. Du hast so hart dafür gearbeitet.“

„Du bist so süß. Ich weiß, dass du gerne dabei wärst. Aber es ist kein guter Zeitpunkt. Ich werde das auch ohne dich schaffen. Mir reicht es schon, dass ich weiß, dass du gekommen wärst.“

Harrison entschied, dass er darüber jetzt nicht streiten wollte. Letztendlich war es Liz‘ großer Tag und der sollte auch so verlaufen, wie sie sich es vorstellte. Wenn das hieß, dass er nicht kam, dann würde er sie auch nicht dazu drängen – zumindest dachte er das jetzt gerade. Doch andererseits wollte er für sie da sein. Er wollte ihr Gesicht sehen, wenn sie über die Bühne lief und endlich ihr Zeugnis bekam, für das sie so hart gearbeitet hatte.

## Kapitel 29

Am Morgen ihrer Zeugnisverleihung wachte Liz in den Armen des Mannes auf, den sie liebte. Auch wenn sie es ihm noch nicht gesagt hatte, dass sie ihn liebte, so wusste sie es doch, tief in ihrem Herzen.

Sie verbrachten ein wunderschönes Frühstück zusammen, bevor Liz Harrison zum Abschied küsste und zu ihrer Abschlussveranstaltung fuhr. Sie schickte Bella eine SMS, damit sie sich vor der Feier treffen konnten, doch es kam nichts zurück.

Bevor die Feierlichkeiten anfingen, mussten Liz und die anderen Absolventen den genauen Ablauf der Zeugnisübergabe durchgehen, was einige Zeit in Anspruch nahm. Liz schrieb eine letzte Nachricht an Bella und schlug vor, sich direkt nach der Feier zu treffen.

Während der Proben musste Liz immer wieder daran denken, dass dieser Tag etwas sein würde, an das sie sich ihr Leben lang erinnerte. Sie versuchte, jede Kleinigkeit in sich aufzusaugen und betrachtete ihre Kommilitonen. Liz hatte sich oft als eine der Älteren in ihren Kursen gefühlt, aber jetzt sah sie, dass Studenten aus wirklich allen Altersschichten hier waren.

Es fühlte sich so an, als würde ihr Leben noch einmal neu beginnen. Sie konnte sich nicht erinnern, sich jemals so glücklich gefühlt zu haben. Sie hatte einen tollen Mann, sie hatte ihren Abschluss. Zum Traummann würde also hoffentlich bald auch der Traumjob hinzukommen.

Dann fiel ihr ein, dass es nur eine Sache gab, die einen kleinen Wehrmutstropfen bildete: Bella wusste immer noch nicht, dass Liz und Harrison zusammen waren. Sie würde es ihr bald sagen müssen, auch wenn sie nicht wusste, wie die Reaktion ausfiel.

*

Bella verließ ihre Wohnung am Campus an diesem Tag sehr zeitig. Es war noch rund eine Stunde bis zu Liz‘ Feier, und sie musste vorher noch etwas erledigen. In letzter Zeit hatte sie viel über ihr Leben nachgedacht. Sie hatte am Beispiel von Liz gesehen, was man mit harter Arbeit erreichen konnte, und das inspirierte sie.

Nachdem Bella ihren Zwischenstopp eingelegt hatte, erreichte sie die Abschlussfeier gerade noch rechtzeitig. Sie schaute auf ihr Handy und sah eine Nachricht von Liz, die vorschlug, sich nach der Feier zu treffen. Dann schaltete sie ihr Telefon aus, wie es der Leiter der Zeremonie von allen Anwesenden verlangte.

*

Auch wenn Liz eigentlich kein emotionaler Typ war, lagen die Dinge heute etwas anders. Sie hatte es endlich geschafft. Nach 5 Jahren harter Arbeit hatte sie es trotz aller Widerstände gepackt: Sie bekam ihr Diplom.

Sie schloss die Augen und schickte ein Gebet an ihre Mutter, die sie sicherlich gerade von oben beobachtete. Wie gerne hätte sie ihre Mutter heute hier gehabt. Nichtsdestotrotz fühlte Liz sich glücklich. Das Leben war gut.

So kam es auch, dass sie nicht etwa weinte, als ihr Name vorgelesen wurde, sondern sie freute sich. Sie riss die Arme und die Luft und stieß einen Jubelschrei aus. Sie hatte es geschafft. Ganz offiziell.

Die Zuschauer klatschten noch lauter als sonst, da sie sich von Liz‘ Freude anstecken ließen. Die meisten Studenten waren bislang eher zurückhaltend gewesen, da war es eine willkommene Auflockerung, jemanden so strahlen zu sehen wie Liz.

Als der offizielle Teil vorüber war, hielt Liz Ausschau nach Bella. Ihr Handy war leer, weshalb sie nicht nachschauen konnte, ob ihre Freundin ihr zurückgeschrieben hatte und wo sie sich treffen sollten. Sie lief eine gefühlte Ewigkeit durch das Auditorium, bis sie sie endlich fand.

„OH – MEIN – GOTT!“, schrie Bella. „Du bist eine Uniabsolventin!“

„Ich weiß, unfassbar, oder?“

Liz war wie in Schockstarre. Jetzt, wo Bella es ausgesprochen hatte, holte sie die Wirklichkeit ein. Ihr Leben als Studentin war endlich vorüber. Die langen Abende auf der Arbeit und die vielen Stunden des Lernens hatten sich ausgezahlt. Jetzt konnte es so richtig losgehen. Doch bevor es soweit war, gab es noch eine Sache, die sie tun musste.

„Bella, es gibt da etwas, das ich dir erzählen muss“, sagte Liz, deren Stimmung sich direkt von feierlich zu düster wandelte.

„Warte. Bevor du es mir sagst, egal was es ist, habe ich zuerst eine Überraschung für dich“, sagte Bella und ließ Liz alleine stehen, um etwas zu holen.

Liz glaubte vor Anspannung fast zu platzen. Sie wollte es endlich loswerden, und jetzt war Bella verschwunden. Sie versuchte zu schauen, wo sie hin war, aber es waren so viele Menschen hier, dass sie sie nicht entdecken konnte. Also blieb ihr nichts Anderes übrig, als zu warten.

„Ich habe dir das hier mitgebracht“, sagte Bella von hinten, als sie sich ihren Weg durch die Menge bahnte. An der Hand hielt sie ihren Vater.

Liz wusste nicht, was die denken, geschweige denn sagen sollte. Sie starrte von Bella zu Harrison und wieder zurück.

Beide lächelten sie an. Warum war Harrison hier? Und warum hatte Bella ihn mitgebracht? Liz konnte sich nicht bewegen, sie stand wie festgefroren da und bekam den Mund nicht mehr zu.

„Ich weiß, dass ihr beide zusammen sein wollt. Das Leben ist zu kurz, um nicht mit dem Menschen zusammen zu sein, für den man bestimmt ist“, sagte Bella und legte die Hand ihres Vaters in die von Liz.

„Was? Wie… ich weiß nicht, was ich sagen soll“, stotterte Liz, während sie Bella anstarrte.

„Bella und ich haben darüber gesprochen, Liz. Ich habe ihr erklärt, wie wichtig du für mich bist. Du machst mich glücklich, und ich glaube, das gilt auch andersrum. Ich habe ihr erklärt, dass ich dich liebe“, sagte Harrison und nahm Liz‘ Hand nach oben, um sie darauf zu küssen.

„Oh mein Gott“, schluchzte Liz. Mit Tränen in den Augen blickte sie ihre beiden liebsten Menschen auf der Welt an.

Harrison gab ihr einen sanften Kuss.

„Wir sind ab jetzt eine Familie. Du wirst uns beide immer in deinem Leben haben, und wir werden immer füreinander da sein“, sagte er lächelnd.

Liz nahm beide in den Arm. Das Leben war nun wirklich perfekt, mehr als das. Es war das Happy End, von dem jedes kleine Mädchen nur träumen konnte.

## Kapitel 30

*2 Monate später*

Harrison griff Liz an ihren Knien und zog sie runter auf sein Gesicht, dann ließ er seine Zunge ihre süßen Säfte kosten.

Liz liebte das Gefühl von Harrisons Lippen. Sie könnte den ganzen Tag mit ihm rummachen, die Orgasmen, die er ihr bescherte, waren einmalig. Sie ließ ihre Hüften im Takt zu seiner Zunge kreisen. Immer dann, wenn er schneller wurde, beschleunigte auch sie ihre Bewegungen.

Es dauerte nicht lange, bis sie vor Lust laut aufstöhnte. Sie wusste, dass das Harrison nur noch mehr anmachte.

Dann setzte sie sich anders herum auf Harrison, so dass sie sein strammes Glied in den Mund nehmen konnte. Sie wollte ihm ebenfalls etwas Gutes tun, also umschlang sie sein bestes Stück mit ihren Lippen. In harmonischem Takt bewegte sie ihre Hüften auf seinem Gesicht und lutschte dabei genüsslich an seinem Schwanz. Als sie merkte, dass er kurz davor war, zu kommen, ließ sie ihrem eigenen Orgasmus freien Lauf.

Harrison spürte, wie sich Liz‘ Körper zusammenzog. Mit einem Ruck zog er sie von sich runter und warf sie auf den Rücken, um sie zu besteigen. Zuerst wollte sie ihn wegdrücken, weil sie gerade gekommen war, und ihr Körper immer noch davon zitterte. Doch Harrison drang direkt in sie ein, so dass sie sich schnell an seinem Rücken festhielt und gegen sein Becken presste. Als der nächste Höhepunkt über sie kam, drückte sie ihre Fingernägel tief in Harrisons Rücken.

„Oh Fuck, ja!", schrie Liz, während Harrison immer wieder in sie hineinglitt.

„Willst, du dass ich aufhöre?", fragte Harrison, obwohl er das ganz sicher nicht tun würde.

„Nein, hör nicht auf!", keuchte Liz.

Harrison wurde langsamer, bis er schließlich kurz innehielt.

„Ach nein?"

„Fick mich! Jetzt!", verlangte Liz und zog ihn wieder auf sich rauf.

Harrison spürte die Kratzer auf seinem Rücken. Der süße Schmerz steigerte seine Lust nur noch weiter. Erneut begann er, schnell und hart in sie einzudringen.

„Du bekommst eben immer, was du willst", flüsterte er Liz ins Ohr und küsste sie.

In den folgenden Minuten besorgte er es ihr richtig und genoss dabei ihr lustvolles Stöhnen. Als er es gar nicht mehr aushielt, spritzte er ab. Es fühlte sich an wie eine Explosion.

Danach lagen sie eine ganze Weile nebeneinander und verkrochen sich unter einer Decke. Als die Sonne draußen aufging, stand Liz auf und packte ihre Sachen für den anstehenden Trip. Sie nahm eine heiße Dusche, und bevor Harrison sich versah, stand sie abreisefertig mit drei großen Koffern an der Tür.

„Was tust du da?“, fragte er halb schockiert.

„Ich muss gleich los, Dummerchen.“

„Warte mal…was? Das war heute?“

„Ja, ich muss mittags am Flughafen sein.“

„Wie konnte ich das vergessen? Die Zeit vergeht so wahnsinnig schnell mit dir“, sagte Harrison.

„Ist schon gut. Aber ich freue mich drauf. Es wird bestimmt toll.“ Liz lächelte und ging rüber zu Harrison, der mittlerweile aufgestanden war und nun splitternackt vor ihr stand.

Harrison wollte sich auch gerne für Liz freuen, doch es fiel ihm schwer. Er war noch nicht bereit dafür, dass sie los musste. Er hatte gehofft, dass er länger Zeit gehabt hätte, sich darauf einzustellen. So ging ihm das alles zu schnell.

„Mh, okay. Naja, gib mir ein paar Minuten, ich ziehe mich an und bringe dich weg.“

„Nein, ich finde wir sollten uns jetzt voneinander verabschieden. Ich möchte lieber alleine dort eintreffen. Ich möchte nicht, dass mein neuer Geschäftspartner denkt, ich bräuchte einen Chauffeur.“

Harrison konnte seine Enttäuschung nur schwerlich verbergen.

„Naja, ich bin dein Freund, nicht dein Chauffeur."

„Du weißt, was ich meine. Ich möchte unabhängig sein. Eine taffe Geschäftsfrau eben, verstehst du?" Liz lächelte, bevor sie Harrison umarmte und ihm einen Kuss gab.

Je länger der Kuss dauerte, umso mehr merkte sie, wie sein Körper auf sie reagierte. Sie würde jetzt losfahren müssen, ansonsten würden die beiden es womöglich noch fertigbringen, dass sie ihren Flug verpasste.

„Du bist eine Geschäftsfrau. Du musst nichts beweisen", sagte Harrison und presste Liz gegen die Wand.

Er küsste sie noch intensiver und sie spürte sein hartes Glied an ihrem Körper. Er wollte sie nicht einfach so gehen lassen. Im Gegenteil, sie sollte hier bleiben, und wenn es nur für ein paar weitere Minuten war. Am besten wäre es natürlich, wenn sie gar nicht erst nach Australien fliegen würde, aber das würde er ihr nie sagen. Er wollte sie bei ihren Träumen unterstützen, selbst wenn er die Vorstellung hasste, dass sie so weit weg sein würde.

„Ich gehe jetzt besser. Ich möchte in Ruhe einchecken." Liz drückte Harrison von sich weg. Wenn sie jetzt nicht ging, würde der Drang, einfach bei ihm zu bleiben, zu groß werden.

„Ich werde dich besuchen kommen, das weißt du", sagte Harrison.

„Das hoffe ich doch“, grinste Liz.

„Du wirst das bestimmt toll machen.“ Harrison schaffte es, positiv zu klingen. Er wusste, wie sehr sich Liz wünschte, ihre Pläne umzusetzen, und er war bestimmt nicht derjenige, der diesen Träumen im Weg stehen wollte.

„Wir können außerdem skypen“, sagte Liz. „Und so wie es aussieht, wette ich, dass eine kleine sexy Skype-Session genau das ist, was du gebrauchen kannst.“ Dabei betrachtete sie sein steinhartes Ding, das von seinem Körper abstand.

„Nicht genau das, was ich mir vorstelle, aber es wird wohl erstmal reichen müssen“, lachte Harrison.

Es klingelte an der Tür und Liz ging hin. Harrison zog sich schnell etwas über und kam dann hinter ihr her. Der Fahrer verlud gerade Liz‘ Gepäck.

„Ich sehe Sie am Wagen, Miss“, sagte er, als er den letzten Koffer mitnahm.

Liz nahm ihre Tasche und ihre Jacke.

„Ich werde Sie wie verrückt vermissen, Mr. Wellington“, sagte sie mit brüchiger Stimme. Tränen füllten ihre Augen.

„Ich werde dich auch vermissen, Liz.“ Harrison nahm sie fest in die Arme.

Liz blieb einen Moment lang so stehen und dachte darüber nach, was nun vor ihr lag. Sie hatte Angst vor Australien, auch wenn sie gleichzeitig aufgeregt war. Es war eine große Chance, doch sie wusste nicht, ob der Preis dafür zu hoch war. Harrison hier zu lassen und sich dafür alleine in einem fremden Land zurecht zu finden war ein großes Opfer. Es ging alles so schnell.

„Ich ruf dich an, wenn ich da bin."

„Wehe wenn nicht. Dann sitze ich morgen im nächsten Flieger um nach dir zu sehen." Harrison küsste Liz ein weiteres Mal und winkte ihr dann zu, als sie aus der Haustür ging.

Als die Tür ins Schloss fiel, machte er sich Sorgen um Liz. Er fragte sich, ob sie dem neuen Job gewachsen war, und was diese neue Situation für sie beide bedeuten würde.

## Kapitel 31

Auf dem Weg zum Flughafen trocknete Liz ihre Augen. Der Abschied von Harrison war ihr nicht leichtgefallen, doch allmählich stieg die Nervosität wegen ihres Trips.

Ins Ausland zu reisen um eine große Marketingkampagne aufzubauen war neu und aufregend. Das in Kombination mit dem Gefühl, längere Zeit von Harrison getrennt zu sein, hatten sie einfach überfordert. Sie atmete tief durch, als der Taxifahrer ihr Gepäck auslud.

Ein Mitarbeiter der Fluggesellschaft kam zu ihr und half ihr, die Koffer durch den Seiten-Check-In zu bringen. Am Schalter stand auch ihr neuer Kollege Ricardo, der fast fertig war mit seinem eigenen Check-In.

„Wie gerne wäre ich auch eine Frau und würde mir einfach alles hinterhertragen lassen“, scherzte er.

„Naja, dann müsstest du diese Brocken hier aber auch immer mit dir rumtragen“, lachte Liz und griff sich an ihre Brüste.

Ricardo und Liz hatten bislang noch an keinem Projekt zusammengearbeitet, aber schon oft nebeneinander gesessen in den wöchentlichen Besprechungen ihrer Marketingfirma. Ricardo war locker drauf und hatte immer einen lustigen

Spruch auf den Lippen, und diese Tatsache schien ansteckend zu sein. Jedenfalls ertappte sich Liz immer öfter dabei, Unsinn zu reden, wenn er in der Nähe war.

Ricardo war etwas über 1,80 m groß und sah aus wie ein spanischer Mädchenschwarm. Obwohl er erst 29 war, galt er als der große Shootingstar in ihrer Firma. Er war es auch gewesen, der diesen Riesenauftrag in Australien an Land gezogen hatte, weshalb er das Projekt vor Ort auch mit betreuen sollte. Außerdem durfte er entscheiden, wer ihn dabei unterstützen durfte. Viele Mitarbeiter hatten ihre Portfolios bei ihm eingereicht, doch er hatte sich für Liz entschieden.

Als sie in der Reihe beim Security Check standen, flüsterte Ricardo Liz ins Ohr: „Ich hoffe, deine Brocken haben keine Metallbügel in ihrem BH." Dann verschwand er in der Schlange.

Liz bekam Panik. Ja, ihr BH hatte einen Metallbügel. Oh nein! Was würde jetzt passieren? Sie war bislang noch nie in ihrem Leben Langstrecke geflogen. Vor ihrem inneren Auge sah sie schon, wie sie von einem Security aus der Reihe gezogen wurde.

Sie griff unter ihr Shirt und öffnete ihren BH. Dann zog sie ihn durch den Ärmel und legte ihn in den Kasten auf dem Fließband. Sie würde sich ganz sicher nicht von einem Wachmann überwältigen lassen, der sie für eine Terroristin hielt.

Liz eilte durch den Security-Check und nahm ihre Sachen am Ende des Fließbandes wieder an sich. Ricardo stand neben ihr und schüttelte grinsend den Kopf, auch der Wachmann konnte sich ein Lachen nicht verkneifen.

„Liz, ich hab doch nur Spaß gemacht“, lachte Ricardo, als er ihren BH in der grauen Box entdeckte.

Liz‘ Gesicht nahm alle möglichen Rottöne an. Dann boxte sie Ricardo in den Arm.

„Tu das nie wieder! Meine Güte, dir kann man auch nichts glauben.“

Liz nahm ihre Sachen und schüttete sie alle in ihre Tasche. Dann ging sie in Richtung ihres Gates.

Ricardo holte sie schnell wieder ein, aber er konnte einfach nicht aufhören darüber zu lachen, wie ernst Liz das genommen hatte.

„Es tut mir leid, Liz. Ich habe nicht gedacht, dass du die Sache so ernst nehmen würdest.“

„Ich bin noch nie Langstrecke geflogen, du Arsch. Ich wusste nicht, was passieren würde.“

Trotz ihrer Wut musste Liz ein wenig grinsen. Wenn das jemand anderem passiert wäre, hätte sie sich wahrscheinlich selbst kaum noch einbekommen.

„Ich kauf dir einen Drink. Das wird dir helfen, bevor wir für die nächsten 13 Stunden in einem Flugzeug eingesperrt sind, das die meiste Zeit über Wasser fliegt."

„Mein Gott, halt die Klappe!", sagte Liz und funkelte Ricardo böse an.

„Oh komm schon, ich mach doch nur Spaß. Alles wird gut."

„Den Drink holst du mir trotzdem", sagte Liz mit einem leichten Lächeln.

*

Als sie das Flugzeug bestiegen, fühlte Liz sich großartig. Nach zwei Mojito-Cocktails war der Gedanke, über den Ozean zu fliegen, längst nicht mehr so schrecklich wie zuvor. Im Gegenteil, die erste Klasse war faszinierend: Die riesigen Sitze, der tolle Service – perfekt zum Relaxen.

„Bist du jemals erste Klasse geflogen?", fragte Ricardo.

„Ja, aber nur auf einer Kurzstrecke. Nicht vergleichbar mit der Ausstattung hier", antwortete Liz, während sie mit den Einstellungen ihres Sitzes herumspielte.

Schließlich fuhr sie ihn ganz zurück, so dass er quasi wie ein Bett wirkte. Dann fuhr sie ihn wieder hoch, um mit dem Fernsehschirm vor ihr zu experimentieren.

„Das könnte ich den ganzen Tag machen", grinste sie.

„Darf ich Ihnen etwas Champagner anbieten?“, fragte die Stewardess, die gerade durch den Gang spazierte.

„Natürlich, das wäre toll“, antwortete Liz.

„Ich glaube, du wirst diesen Flug mehr genießen als du gedacht hast“, lachte Ricardo.

Er selbst wirkte auf Liz wie jemand, der schon oft erste Klasse Langstrecke geflogen war. Im Gegensatz zu ihr hatte er einfach nur seine Sachen verstaut und nicht jede einzelne Funktion seines Sitzes ausprobieren müssen.

„Mmhhm, ja. Das werde ich“, sagte Liz, als sie das Glas Champagner von der Stewardess entgegennahm.

Sie fand das ganze Ambiente so aufregend, dass es ihr schwerfiel, überhaupt einzuschlafen. Die kostenlosen Snacks, Getränke und Filme ließen sie sich wieder wie ein Teenager fühlen.

Während die meisten anderen Passgiere um sie herum einschliefen, machte Liz mit ihrer nächtlichen Party weiter. Sie aß Tonnen von Junkfood und schaute gefühlte alle Filme des vergangenen Jahres, die sie immer hatte schauen wollen, aber aufgrund ihrer knappen Zeit nie gesehen hatte.

Als sie schließlich in Australien landeten, war Liz so übernächtigt und betrunken, dass sie sich kaum auf den Beinen halten konnte. Sie hatte den Alkohol kaum bemerkt, doch als sie von ihrem Sitz aufstand und das Flugzeug verlassen wollte, traf sie der Hammer.

Zum Glück war Ricardo da um ihr zu helfen.

Er nahm ihre Sachen und mit und stützte sie an der Hüfte, damit sie nicht fiel.

„Es tut mir leid“, lallte Liz. „Ich glaube, ich bin betrunken.“

„Ich glaube, du hast einfach deinen Flug genossen“, lächelte Ricardo.

Am Gepäckband sammelte er ihr beider Gepäck ein und lud es in den Mietwagen, der bereits auf sie wartete. Dann fuhr er direkt zum Hotel und checkte für sie beide ein.

Als er Liz in ihrem Zimmer absetzte und ihre Koffer in die Ecke stellte, fiel sie direkt auf ihr Bett.

„Kannst du in meinem Handy einen Alarm einstellen, damit ich weiß, wann ich wieder wach und nüchtern sein muss?“, fragte Liz.

Ricardo nahm ihr Telefon und versuchte, die Alarmeinstellungen zu finden. Dabei ging auf einmal das Handy, weil ein Skype-Anruf kam. Er wollte den Anruf ablehnen, doch nahm das Gespräch aus Versehen an. Schnell gab er das Telefon an Liz.

Ricardo sah nicht, wer die Person war, aber der Kontakt hieß „Liebling“.

Er verließ das Zimmer und ließ Liz allein.

## Kapitel 32

Als ihr Alarm verstummte, konnte Liz sich kaum bewegen. Ihr Kopf fühlte sich an, als würde eine Horde Elefanten darin ein Wettrennen veranstalten. Doch sie wusste, dass sie aufstehen und sich zusammenreißen musste. Heute war das erste Meeting mit dem neuen Kunden. Sie warf zwei Aspirin ein und machte sich fertig.

Schnell sendete sie eine SMS an Harrison und entschuldigte sich dafür, am Vorabend nicht länger mit ihm gesprochen zu haben. Sie hatte ihm gesagt, sie sei zu erschöpft vom Flug, aber sie war sich sicher, dass er gemerkt hatte, dass sie getrunken hatte.

Um 8.30 Uhr ging Liz hinunter zur Lobby und holte sich eine große Tasse Kaffee. Dann wartete sie auf Ricardo, der kurz darauf aus dem Lift trat.

„Wow, du hast dich gut erholt“, grinste er.

„Ich bin eben nicht nur eine erste Klasse Säuferin, sondern auch eine fantastische Marketing Designerin.“

„Deshalb habe ich ja auch dich ausgewählt.“

Ricardo und Liz macht sich auf zu ihrem neuen Kunden, Palomino Enterprises. Dafür, dass sie gestern so einen harten

Absturz hatte, fühlte Liz sich erstaunlich gut. Das Aspirin schien zu wirken, und bislang merkte sich auch noch nichts vom Jetlag, über das so viele Leute immer klagten.

„Also ich setze mich einfach ruhig neben dich und überlasse dir das Reden?“, fragte sie.

„Jupp. Ich zeige ihnen die Designs und erkläre den Zeitrahmen des Projektes. Keine große Sache, wir dürften da schnell wieder raus sein. Dann können wir mit der lokalen Kampagne beginnen.“

„Hört sich gut an.“

Als Liz und Ricardo den Konferenzraum betraten, waren sie beide überrascht, wie viele Leute dort auf sie warteten. Ricardo hatte vermutet, dass sie lediglich mit dem Marketingchef sprechen würden, doch stattdessen saßen ihnen mehr als ein Dutzend Leute gegenüber.

Der CEO von Palomino Enterprises begrüßte alle Anwesenden, als er den Raum betrat. Dann übergab er Ricardo das Wort.

Als ihr Kollege mit seiner Präsentation begann, war Liz mehr als beeindruckt. Nichts an der ganzen Situation schien ihn nervös zu machen. Es dauerte nicht lange, bis er den ganzen Raum für sich gewonnen hatte – seine Kombination aus sympathischem Humor und fachlichem Wissen war extrem überzeugend.

„Und das hier ist die Designerin?“, fragte der CEO, als er

Liz anschaute.

„Genau, Sir. Ich bin Elizabeth Cleveland."

Liz versuchte, dem Mann direkt in die Augen zu schauen und dabei selbstbewusst zu wirken.

„Könnten Sie mir erklären, warum sie die Skyline als Hintergrund für die Werbung genommen haben?", fragte der CEO.

Liz schaute kurz hilfesuchend zu Ricardo, doch dann fiel ihr selbst eine Antwort ein.

„Ich bin der Meinung, dass dies sowohl die globale Komponente ihrer Firma betonen würde, als auch das dynamische Wachstum in den vergangenen Jahren."

„Toll. Das gefällt mir."

Der Marketingchef schaltete sich ein. „Glauben Sie, dass wir noch weitere solcher Elemente in die Werbung mit einbauen können?"

„Natürlich. Ich kann es neu designen." Liz war sicher, dass sie das schaffen würde. Und sie fühlte sich viel wohler mit diesen ganzen Leuten hier, als sie es vorher vermutet hätte.

„Super. Schauen wir uns das neue Design bald gemeinsam an – sagen wir gegen Ende der Woche?", fragte der CEO, als er zuerst Liz und dann Ricardo ansah.

„Klar, kein Problem. Das machen wir fertig, genauso wie die Entwürfe für den Rest der Kampagne", entgegnete Ricardo.

Dann beendete er seine PowerPoint und sammelte seine Sachen zusammen.

„Wir werden eventuell gleichzeitig Kampagnen in den USA, Großbritannien und Australien schalten. Also bräuchten wir auch Designs für alle drei Kampagnen."

„Auf jeden Fall", antwortete Ricardo und schüttelte dem Mann die Hand. „Wir freuen uns darauf, mit Ihnen an diesem Projekt zu arbeiten." Er schüttelte auch allen anderen Anwesenden die Hand, während sie den Raum verließen. Als auch Ricardo gehen wollte, hielt Liz ihn auf.

„Warte mal. Er hat unser Projekt gerade quasi verdreifacht!" Liz spürte, wie Panik in ihr aufstieg.

„Ich weiß. Ist das nicht riesig?", sagte er mit einem breiten Lächeln. „Also auch dreifaches Geld! Das wird deine Karriere unglaublich nach vorne bringen!"

Liz stand da wie angewurzelt und starrte Ricardo einfach nur an. Es würde schon hart genug werden, allein das Design für die australische Kampagne fertig zu bekommen. Und jetzt sollte sie auch noch eines für die USA und eines für Großbritannien erstellen!

Liz spürte, wie die Panikattacke langsam aber sicher über sie kam. Der Raum wurde immer kleiner und kleiner, und bevor sie sich versah, lag sie auf dem Boden. Als sie wieder zu sich kam, stand Ricardo über ihr und wedelte ihr mit einigen Unterlagen frische Luft zu.

„Liz. Liz! Geht es dir gut?“, fragte er, als sie die Augen öffnete.

„Es ist zu viel, Ricardo. Hol jemand anderen, der den Job übernimmt. Ich kann es nicht.“ Sie blieb auf dem Boden liegen.

Ricardo musste unwillkürlich lächeln, dann legte er sich neben sie.

„Ich hätte dich nicht ausgewählt, wenn ich dir den Job nicht zutrauen würde. Deine Designs sind der Hammer. Deine Arbeitseinstellung ist zehn Mal besser als die von jedem anderen Mitarbeiter bei uns.“

Liz bedeutete es sehr viel, dass Ricardo das sagte. Sie hoffte nur, dass sie sein Vertrauen nicht enttäuschen würde.

„Dir ist schon klar, dass wir gerade hier auf dem Fußboden liegen, während wir meine Panikattacke besprechen“, scherzte Liz.

„Jupp.“

„Sollten wir aufstehen?“

„Ja, schließlich hast du viel zu arbeiten“, grinste Ricardo.

Er stand auf und half dann Liz, ebenfalls auf die Beine zu kommen. Nachdem sie ihre Sachen zusammengesucht hatten, fuhren sie in ihr neues Büro.

Dort angekommen, machte Liz sich direkt an die Arbeit, um die Skyline in der Werbung abzuändern. Sobald sie das fertig hatte, würde sie sich um die beiden anderen Designs kümmern können, sodass sie den Termin am Ende der Woche hoffentlich einhalten konnten.

# Kapitel 33

Nachdem Ricardo das Büro verlassen hatte, blieb Liz noch eine ganze Weile um an den Designs zu arbeiten. Dabei schüttete sie einen Kaffee nach dem anderen herunter, um die Arbeit fertig zu bekommen.

Die Aussicht, damit zumindest schon mal ein Projekt abgeschlossen zu haben, trieb sie dabei unermüdlich an. Sie wollte Ricardo, aber auch allen anderen Beteiligten beweisen, dass sie die richtige Person für diesen Job war. Die Änderungen, die der CEO gewünscht hatte, stellten sich als nicht zu aufwendig heraus, so dass sie zuversichtlich war, eine neue Skyline noch heute fertig zu bekommen.

Kurz nach Mitternacht klingelte ihr Telefon. Harrison rief sie über Skype an.

„Babe?“, fragte er als sie abnahm. Er bemerkte sofort, dass sie noch im Büro war.

„Hey Liebling“, sagte Liz, die merkte, wie urplötzlich die Erschöpfung einsetzte.

„Warum bist du noch am Arbeiten? Es ist doch schon nach Mitternacht bei euch“, sagte Harrison. Er klang besorgt.

„Es gibt einfach so viel zu tun bei diesem Projekt, da

muss ich mich ranhalten.“

„Was du musst, ist schlafen, Liz. Du wirst niemandem eine große Hilfe sein, wenn du völlig übermüdet bist. Leg dich gleich hin.“

Liz wollte darauf gerade etwas erwidern, als sie eine Frauenstimme im Hintergrund von Harrisons Büro hörte.

„Mr. Wellington, ein Anruf für Sie“, sagte die Stimme.

„Das hört sich nicht nach Martha an“, sagte Liz.

„Nein, es ist eine andere Assistentin. Marthas Tochter bekommt heute ihr Baby“, antwortete Harrison.

„Oh, wie schön! Richte ihr meine Glückwünsche aus!“ Liz liebte Harrisons Assistentin Martha, die seit einigen Wochen für ihn arbeitete. Sie war unglaublich nett, und die Tatsache, dass sie über fünfzig war, gefiel Liz ebenfalls. Das würde Harrison gar nicht erst auf dumme Gedanken kommen lassen.

„Ich werde es ihr ausrichten. Jetzt geh schlafen“, sagte Harrison.

„Jawohl, Sir, Mr. Wellington“, zwinkerte Liz ihm zu und schloss die App.

Sie spürte, wie der Jetlag ihren Körper nun einholte, also nahm sie ihre Sachen, schloss das Büro ab und fuhr mit dem Taxi zurück ins Hotel. Als sie dort ankam, sah sie einen ausgezeichnet aussehenden Geschäftsmann mit einer jungen

Zwanzigjährigen an seinem Arm das Gebäude betreten. Irgendwie sahen die beiden zusammen lächerlich aus. Ob sie und Harrison ein ähnliches Bild abgaben?

Natürlich war Harrison nicht so alt wie dieser Kerl, im Gegenteil, Harrison sah superheiß aus für sein Alter. Sie selbst war wesentlich reifer als das junge Ding, das sie gerade gesehen hatte. Liz und Harrison sahen nicht annähernd so absurd zusammen aus, sagte sie sich. Der Typ hier hatte wahrscheinlich eine Affäre mit seiner Sekretärin, so wie er sich immer umschaute. Er wirkte fast schon paranoid.

Liz ging auf ihr Zimmer und kroch ins Bett. Kaum lag sie dort, musste sie an Harrison und die neue Assistentin denken. Sie musste wissen, wie diese Frau aussah und wie lange sie Martha vertreten sollte. Liz spürte, wie ein bisschen Eifersucht in ihr hochstieg, als sie sich fragte, wie heiß die neue Sekretärin wohl war. Wenn sie nach den Sekretärinnen ging, die Harrison bis zu ihr gehabt hatte, so war die Wahrscheinlichkeit groß, dass sie umwerfend aussah. Harrison hatte wohl meist mehr nach Aussehen als nach Qualifikation eingestellt.

Erst seitdem er mit Liz zusammen war, stellte er tatsächlich nach den Fähigkeiten der Bewerberinnen ein, weshalb Martha den Job bekommen hatte.

Liz entschied, dass sie Harrison nochmal anskypen wollte. Es wäre sicher lustig, ihn ein wenig von der Arbeit abzulenken und mit ihm zu flirten.

Der Anruf klingelte minutenlang, aber niemand ging ran.

Sie versuchte es nochmal und schickte sogar eine SMS, aber es kam nichts zurück.

Dann rief sie direkt in seinem Büro an. Die neue Sekretärin nahm ab.

„Mr. Wellingtons Büro." Sie klang jung. Und wunderschön. Wenn man so etwas am Klang der Stimme überhaupt feststellen konnte.

„Hi, hier ist Liz. Ist Harrison da?"

„Wer spricht dort?", fragte die Sekretärin nicht gerade freundlich.

„Hier spricht Liz. Kann ich bitte mit Harrison sprechen?

„Mr. Wellington kann gerade nicht ans Telefon gehen. Möchten Sie, dass ich eine Nachricht für ihn aufnehme?" Die Frau hatte anscheinend keinen Schimmer, wer Liz war. Das ärgerte Liz ungemein.

„Nein, ich versuche es auf seinem Handy", sagte Liz und legte auf.

Sie widerstand dem Drang der Frau direkt durchs Telefon den Hals umzudrehen. Wie konnte sie nicht wissen, wer Liz war? Es machte Liz wütend. Warum hatte Harrison ihr nicht die Order gegeben, Liz immer direkt durchzustellen? Martha hatte er das direkt gesagt, nachdem sie angefangen war für ihn zu arbeiten.

Liz versuchte, sich nicht zu sehr darüber den Kopf zu zerbrechen, bis sie endlich einschlief. Doch innerlich machte sie sich Sorgen, was zwischen Harrison und der neuen Sekretärin ablief. Sie wollte ihm vertrauen, aber ein sexy Kerl und eine heiße Assistentin waren eine gefährliche Kombination. Das wusste Liz nur zu gut.

## Kapitel 34

Als am nächsten Morgen der Wecker klingelte, konnte Liz nicht Mal die Augen öffnen. Der Jetlag hatte offiziell eingesetzt. Ihr ganzer Körper fühlte sich an als hätte sie nur eine Stunde geschlafen, und nicht wie die sieben Stunden, die sie tatsächlich geschlafen hatte.

Sie versuchte sich mit einer Dusche wach zu bekommen, doch das half kaum. Liz schleppte sich hinunter in die Lobby und trank eine große Tasse Kaffee.

Ricardo lachte laut, als Liz langsam durch die Lobby in Richtung des Autos schlich.

„Es scheint so, als hättest du das Jetlag kennengelernt“, sagte er, während er Liz die Tür aufhielt.

„Ja, und es hat einen Baseballschläger dabei gehabt“, grinste Liz schief.

Sie saßen schweigend nebeneinander, während Ricardo sie zum Büro fuhr. Liz spürte ihr Herz bei jeder Bodenwelle schneller schlagen.

„Wie lange bist du gestern noch geblieben?“

„Bis nach Mitternacht. Aber ich habe die australische Skyline fertig bekommen.“

„Wow, das ist beeindruckend. Also nur noch zwei Designs in den nächsten vier Tagen“, witzelte Ricardo.

Er wusste, wie viel Arbeit auf Liz in den kommenden Tagen wartete. Es hatte sie fast einen Monat gekostet, den Entwurf für Australien fertigzustellen. Er wusste nicht ob sie zwei weitere in gerade einmal vier Tagen schaffen würde, aber er würde versuchen, sie dazu zu kriegen. Die gesamte Kampagne beruhte darauf, die Timings einzuhalten.

Nachdem sie an diesem Tag Feierabend hatte und auf ihrem Hotelzimmer war, skypte Liz erneut mit Harrison. Dieses Mal erwischte sie ihn privat, er schien heute von zu Hause aus zu arbeiten. Immerhin würde so keine Assistentin um ihn herumschwirren.

„Hey, Babe. Ich vermisse dich“, sagte sie.

„Geht mir genauso. Hast du Feierabend?“

„Für heute ja, aber das Projekt kommt mir vor wie ein Kampf gegen Windmühlen. Hat man eine Sache fertig, steht die nächste an.“

„Hört sich für mich so an, als könntest ein wenig Entspannung vertragen“, grinste Harrison in die Kamera.

„Allerdings“, antwortete Liz.

„Wie gerne ich dir dabei jetzt zur Hand gehen würde.“

Liz verstand die Anspielung sofort. Sie ließ sich auf das Spiel ein.

„Ach ja? Wie glaubst du denn, könnte das aussehen?“

„Naja, zunächst einmal würde ich dich aus diesen unbequem wirkenden Klamotten befreien“, sagte Harrison und öffnete dabei den Gürtel seiner eigenen Hose.

Auch Liz zog ihre Jeans aus, so dass sie nur noch in Slip und Bluse auf ihrem Bett lag. Sie fuhr mit der Kamera ihres Handys über ihre nackten Beine.

Harrison richtete seine Kamera auf seinen Schritt, in dem sich eine harte Beule unter seiner Boxershorts gebildet hatte. Dann holte er sein versteiftes Glied raus und begann daran zu reiben.

„Du glaubst doch nicht, dass ich deine Bluse anlassen würde?“, fragte er.

Liz zog die Bluse aus und schob ihre rechte Hand in ihren Slip. Als sie mit ihren Fingern über ihre Pussy glitt, spürte sie die feuchte Wärme, die danach verlangte, befriedigt zu werden. Langsam fing sie an sich zu massieren.

„Dann würde ich deinen nackten Körper von oben bis unten mit Küssen bedecken“, fuhr Harrison fort, während er immer stärker und schneller an seinem Schwanz rieb.

„Oh Baby…“, stöhnte Liz, die vor Genuss die Augen verschloss, während sie Harrison lauschte und ihrerseits den Takt ihrer Finger beschleunigte.

„Dann würde ich dich besteigen und es dir so besorgen,

wie du es am liebsten magst“, stöhnte Harrison, der nun selbst schon völlig in Fahrt gekommen war.

„Immer und immer wieder würde ich es dir geben“, stöhnte er und Liz spürte, wie sich bei ihrem Kopfkino ein unglaublicher Orgasmus anbahnte. Sie rieb ihre Klitoris so schnell sie konnte, bis sie es schließlich nicht mehr zurückhalten konnte.

„Oh ja, fuck!“, schrie sie ins Telefon und ihr Körper erzitterte unter den Wellen ihres Höhepunktes.

Da sie die Augen geschlossen hatte, konnte sie nicht sehen, wie auch Harrison kam, doch sie hörte laut und deutlich, wie er aufstöhnte, als er abspritzte.

„Wow, war das unser erster gemeinsamer Skypesex?“, witzelte Liz.

„Sieht ganz so aus“, erwiderte Harrison, der sichtlich außer Atem war.

„Hauptsache du hast Taschentücher“, ärgerte Liz ihn.

„Hauptsache du bist jetzt etwas entspannter“, antwortete Harrison.

„Das war toll. Die nächsten Tage werden wahrscheinlich so voll mit Arbeit sein, dass ich weniger Zeit habe.“

„Halt einfach durch, Babe. Ich-“ Harrison wurde vom Ton seiner Haustürklingel unterbrochen. Er zog sich schnell die Hose wieder an und blickte auf den Bildschirm seines PCs, der ein Bild der Überwachungskamera am Eingang zeigte.

„Oh, ich muss aufhören. Sarah ist da.“

Liz glaubte, sich gerade verhört zu haben.

„Wie bitte?“

„Sarah, meine neue Sekretärin. Ich glaube, du hast sie schon mal am Telefon gesprochen.

In der Tat, das hatte Liz. Was machte diese Kuh bei Harrison zu Hause?

„Was will sie denn?“

„Sie bringt nur ein paar Unterlagen vorbei. Hätte ich fast vergessen. Wir sprechen dann die Tage, okay Darling?“

„O-kay“, stotterte Liz, dann hatte Harrison auch schon aufgelegt. Was war das denn gewesen?

*

In den kommenden vier Tagen arbeitete Liz so hart wie noch nie zuvor in ihrem Leben, ihre Studentenzeit mit Nebenjobs eingeschlossen. Zwar hatte sie die erste Kampagne bereits vom Tisch, aber trotzdem musste sie jeden Tag zwischen 15 bis 18 Stunden arbeiten, um das Projekt rechtzeitig fertigzustellen.

Ricardo war fantastisch während der gesamten Woche.

Er unterstützte sie nicht nur mit Kaffee und Essbarem, sondern ermutigte sie in einer Tour, dass sie es schaffen würde. Zwischendurch ging er mit ihr spazieren, damit sie den Kopf frei bekam, und wenn sie kurz vorm Aufgeben war, pushte er sie nochmal.

Sie blieben beide oft bis weit nach Mitternacht. Ricardo arbeitete an anderen Teilen der Kampagne, während Liz sich um die Designs kümmerte. Sie wollten die Leute von Palomino Enterprises begeistern.

Liz versuchte an einigen Abenden, Harrison anzurufen, doch er ging nie ans Telefon. Sie selbst hatte ihr Telefon während der Arbeit konsequent abgeschaltet, damit sie nicht abgelenkt war. Natürlich hatte Harrison öfters versucht, sie genau dann anzurufen, und sie hasste es, dass sie die Anrufe verpasste. Sie hoffte einfach, dass er verstand, wie wichtig dieser Job für sie war. Außerdem war sie immer noch verstimmt über seine neue Sekretärin.

Am Freitagnachmittag betraten Liz und Ricardo mit drei fertiggestellten Designs das Büro von Palomino Enterprises. Liz selbst war unglaublich erschöpft und überließ es Ricardo, die Entwürfe zu präsentieren. Zwar hoffte sie, dass dem CEO alles gefallen würde, doch mittlerweile war sie so überarbeitet, dass es ihr fast egal war. Sie hatte alles gegeben, was in ihr steckte. Mehr hatte sie beim besten Willen nicht tun können.

Der CEO hörte sich die Präsentation mit ausdrucksloser Miene an. Liz versuchte, irgendetwas in seinem Gesicht zu lesen, doch sie schaffte es nicht. Er reichte die Designs am Konferenztisch herum und stand schließlich von seinem Sessel auf. Dann ging er zu Liz hinüber und streckte ihr die Hand aus.

„Sehr gute Arbeit, junge Dame."

„Danke", sagte Liz und schaute rüber zu Ricardo, der ihr beide Daumen hoch zeigte.

Sie beendeten das Meeting, und als die anderen Leute den Raum verlassen hatten, war Liz wieder voller Energie. So sehr, dass sie vor Freude auf und absprang.

„Sie mögen es!", schrie sie und Ricardo umarmte sie.

Liz erwiderte die Umarmung. Sie hatten beide so hart gearbeitet, und es war so schön, dass es sich gelohnt hatte.

„Du hast das toll gemacht, Liz", sagte Ricardo und umarmte sie erneut.

Dieses Mal wirkte die Umarmung wie mehr als nur ein Ausdruck der Freude. Ricardo blickte zu Liz hinab und als sie ihm ins Gesicht sah, küsste er sie.

Liz war völlig überrumpelt und stieß ihn nicht weg. Im Gegenteil, sie erwiderte den Kuss sogar. Die langen Stunden und die harte Arbeit lagen endlich hinter ihr. Dann gewann sie wieder die Fassung und bemerkte, dass sie gerade einen anderen Mann küsste.

„Oh, ich kann nicht", sagte sie und drückte Ricardo von sich weg.

„Es tut mir leid, das war mein Fehler. Es war unangebracht."

„Nein, ist okay. Es ist nur so, ich habe einen festen Freund", sagte Liz, während sie ihre Sachen zusammenpackte.

„Einen Freund? Das wusste ich nicht. Entschuldige", wiederholte Ricardo.

„Nein, wirklich, ist okay."

Liz und Ricardo nahmen ihre Sachen und fuhren zurück zum Hotel. Sie versuchten Smalltalk zu führen, doch es war eine mehr als unangenehme Stimmung zwischen ihnen. Als Liz auf ihrem Stockwerk aus dem Aufzug trat, hielt sie kurz an und schob ihre Hand zwischen die Aufzugtüren, damit diese offen blieben.

„Es war mein Fehler. Ich hätte es dir sagen müssen. Mach dir bitte keinen Kopf mehr wegen dem Kuss." Liz lächelte Ricardo an und ließ die Türen zugehen.

Sie wollte nicht, dass er sich wegen der Sache schlecht fühlte. Es war ihr Fehler gewesen. Sie konnte nicht fassen, dass sie während der gesamten Zeit hier in Australien nicht erzählt hatte, dass sie einen festen Freund hatte. All diese langen Stunden im Büro, die Spaziergänge, die gemeinsamen Essen und sie hatte Harrison nie erwähnt. Liz fühlte sich schuldig.

Warum hatte sie nichts gesagt?

Liz glaubte, dass wenn sie ganz ehrlich war, der Grund

darin lag, dass sie es absichtlich nicht getan hatte, denn sie mochte es, wie Ricardo mit ihr flirtete. Andererseits war sie auch die ganze Zeit so beschäftigt gewesen, dass das Thema nie zur Sprache kommen konnte. Oder etwa doch? Wie auch immer, Liz fühlte sich, als habe sie Harrison betrogen.

Auch wenn ihr natürlich klar war, dass sie das nicht wirklich getan hatte. Schließlich hatte sie den Kuss mit Ricardo beendet und ihm von ihrem Freund erzählt. Dennoch fühlte sie sich unwohl, als sie an diesem Abend ins Bett ging.

Auch wenn sie sich erschöpft fühlte, versuchte sie Harrison über Skype zu erreichen. Sie hatten seit Anfang der Woche nicht mehr miteinander geredet und sie wollte unbedingt sein Gesicht sehen, seine Stimme hören. Sie würde ihm zwar nicht von der Sache mit Ricardo erzählen, aber sie hoffte, dass einfach nur ein Gespräch mit ihm sie sich besser fühlen lassen würde.

Das Telefon klingelte, aber Harrison nahm nicht ab. Es war nun vier Tage her, dass sie miteinander gesprochen hatten, und Liz machte sich langsam Sorgen.

## Kapitel 35

Liz schlief mit einem schlechten Bauchgefühl ein. Sie stellte ihr Handy auf laut, nur für den Fall, dass Harrison zurückrief. Morgen früh war Samstag, da konnte sie den ganzen Tag im Bett verbringen und Schlaf nachholen.

Harrison rief nicht an.

Das Wochenende war lang und Liz verbrachte es fast komplett im Bett. Da Harrison nicht versucht hatte, sie zurückzurufen, rief auch sie ihn nicht mehr an. Sie fühlte sich immer noch schuldig wegen des Kusses mit Ricardo, das beschäftigte sie fast das gesamte Wochenende. Gleichzeitig machte sie sich Sorgen wegen Harrisons neuer Sekretärin. Deshalb fühlte sich am Montagmorgen auch nicht so frisch und erholt, wie sie es gehofft hatte.

Ricardo wartete bereits in der Lobby auf sie.

„Du siehst schlimmer aus als am Freitag“, scherzte er.

„Ich habe nicht gut geschlafen.“

„Trink das hier, damit wir diese Woche genauso rocken können wie die letzte“, sagte Ricardo und reichte ihr einen Becher Kaffee. „Wir haben viel vor uns.“ Er hörte sich fast euphorisch an.

Liz mochte diese positive Ausstrahlung, die von Ricardo ausging. Glücklicherweise war die Stimmung zwischen den beiden schon viel weniger merkwürdig als noch am Freitag. Liz freute sich, Ricardo zu sehen.

„Ich bin soweit. Lass es uns angehen“, sagte sie und die beiden fuhren zu dem Gebäude, in dem sich auch ihr Büro befand.

Dort angekommen ging Liz in den öffentlichen Kopierraum und bereitete einige Abzüge ihrer Entwürfe vor.

Ricardo wollte direkt ins Büro gehen, doch auf dem Weg dorthin wurde er von einem Mann in einem dunklen Anzug überrascht, der vor der Eingangstür stand.

„Kann ich Ihnen helfen?“, fragte Ricardo und schaute den Mann an. Vielleicht handelte es sich um einen Vertreter von Palomino Enterprises, den sie bislang noch nicht kennengelernt hatten. Zumindest ließ seine teure Kleidung darauf schließen, dass er ein hohes Tier war.

„Ja. Ich suche Elizabeth“, sagte Harrison und streckte seine Hand aus.

Ricardo schüttelte die Hand und fragte sich, wer der Kerl war und was er von Liz wollte.

„Sie kommt gleich hoch, sie ist noch im Kopierraum“, antwortete er. „Kann ich Ihnen vielleicht weiterhelfen?“

„Nein. Ich warte auf Liz.“

Ricardo öffnete die Bürotür und ließ Harrison hinein.

„Kennen Sie Liz?“, fragte Ricardo.

„Ja“, erwiderte Harrison, ohne noch mehr zu sagen.

Als Liz das Büro betrat, traute sie ihren Augen nicht. An einem der Schreibtische saß Harrison gegenüber von Ricardo.

„Was machst du denn hier?!“, schrie Liz vor Freude auf.

„Oh, ich dachte nur, dass mein Mädchen vielleicht zu viel arbeitet.“ Harrison stand auf und nahm Liz in die Arme, als diese grinsend auf ihn zulief und fast auf den Boden warf, weil sie so stürmisch war.

„Ich habe dich vermisst“, sagte sie. Dann bemerkte sie, dass Ricardo die beiden anstarrte.

„Ich habe dich auch vermisst, Babe.“

„Ricardo, das ist Harrison. Harrison, das ist mein Partner bei diesem Projekt“, sagte Liz.

Die beiden Männer schüttelten sich erneut die Hände.

Ricardo war überrascht, wie alt der Freund von Liz war. Er musste um die 40 sein. Aber dafür schien er sehr wohlhabend zu sein, und Ricardo wusste, dass ein reicher Typ meist bekam was immer er wollte. Es war also nicht allzu überraschend, dass Liz Harrison datete.

„Nett, Sie kennenzulernen“, sagte Harrison.

„Ebenfalls. Eine ganz schön harte Malocherin haben Sie

hier.“ Ricardo deutete auf Liz.

„Ich bin so glücklich, dass du hier bist“, sagte Liz und umarmte Harrison erneut.

„Naja, ich weiß, dass du viel zu tun hast. Aber ich wollte dennoch vorbeikommen und dich ausführen.“

„Na klar“, strahlte Liz von Ohr zu Ohr.

„Wie wär's, wenn ich einfach gegen sechs nochmal rumkomme?“

„Ja, sechs Uhr hört sich toll an“, sagte Liz und schaute zu Ricardo, der zustimmend nickte.

„Bis später, mein Liebling“, sagte Harrison. Dann griff er sich Liz‘ Hand und gab ihr einen Kuss, bevor er das Büro verließ.

„Wow, das war ziemlich märchenhaft“, sagte Ricardo, als er sich wieder an seinen Schreibtisch setzte.

„Ja, ich bin immer noch baff.“ Liz schaute zuerst auf ihren Schreibtisch und dann zu Ricardo.

Was war hier gerade passiert? Harrison war einmal um die Welt geflogen und überraschte sie hier in Australien auf der Arbeit. Sie wusste nicht einmal, wie er herausbekommen hatte, wo ihr Büro lag. Aber das war letztlich auch egal. Auf jeden Fall fühlte sie sich nicht mehr unsicher, was ihre Beziehung anging.

Der Rest des Tages flog nur so dahin. Liz arbeitete besonders hart, um alles rechtzeitig fertigzubekommen.

Ricardo hatte anscheinend kein Problem damit, dass Harrison nun hier war. Die merkwürdige Stimmung zwischen Liz und ihm war wie weggeblasen und er schien es absolut zu respektieren, dass Liz einen Freund hatte. Er ärgerte sie sogar ein wenig, wie schnell sie auf einmal arbeiten konnte, weil sie ein Date in Aussicht hatte.

„Vielleicht sollten wir deinen Freund hier in der Stadt behalten, bis das Projekt abgeschlossen ist. Du arbeitest anscheinend noch schneller, wenn du ihn als Motivation hier hast“, scherzte er.

„Ich bin so aufgeregt, dass er hier ist. Ich hatte mir ein wenig Sorgen gemacht, weil er eine neue Sekretärin hat. Aber das war echt blöd von mir.“

„Wieso, ist sie ein junges, heißes Ding?“

„Ich bin mir nicht sicher. Auf jeden Fall klang sie so. Sie arbeitet zwar nur aushilfsweise, aber es hat mich trotzdem nervös gemacht. Vor allem, weil ich ihn den vergangenen Tagen kaum gesprochen habe.“

„Naja, anscheinend gibt es keinen Grund, sich Sorgen zu machen. Ein Typ der seine Sekretärin vögelt unternimmt keine Weltreise um seine Freundin zu besuchen.“

Liz fühlte sich besser, nachdem sie mit Ricardo gesprochen hatte. Sie schämte sich fast dafür, dass sie sich vorgestellt hatte, es könnte etwas zwischen Harrison und seiner Sekretärin laufen. Liz war gerade mal eine Woche weg, so schnell würde er sie nicht vergessen. Wahrscheinlich hatte sich eher Harrison Sorgen gemacht, was sie hier so trieb, wenn man bedachte, wie viel sie gearbeitet hatte.

Um Punkt sechs Uhr stand Liz draußen vorm Gebäude und wartete auf Harrison. Sie konnte es nicht erwarten, ihn endlich zu küssen und zu berühren. Sie hatte ihn so furchtbar vermisst.

Als die teure Mietwagenlimousine vorfuhr, machte Liz' Herz einen Sprung. Harrison stieg aus, ging um das Auto und öffnete ihr die Tür.

„Meine Dame, darf ich bitten?"

Liz packte ihn und zog ihn nah an sich heran.

„Ich kann es immer noch nicht glauben. Ich habe dich so vermisst", sagte sie.

Sie küssten sich, und Liz fühlte sich wieder wie zu Hause. Sein Körper, der sich an ihren schmiegte. Seine Lippen auf ihren. Liz wusste, dass jetzt alles wieder gut werden würde, wo Harrison sie in seinen starken Armen hielt. Sie wollte ihn gar nicht mehr loslassen, doch sie mussten einsteigen.

„Babe, wir haben nachher noch genug Zeit für einander", grinste er. Lass uns zum Restaurant."

„Na gut, wenn's sein muss", scherzte Liz.

„Du wirst es lieben. Es ist direkt neben meinem Hotel und soll tolle Fischgerichte haben."

Harrison hatte durch sein Ermittlerteam herausbekommen, wo Liz arbeitete, aber sie hatten es nicht geschafft zu erfahren, in welchem Hotel sie eingecheckt war. Letztlich hatte er einfach das beste fünf Sterne Hotel in Sydney gebucht, das sich in der Nähe ihres Bürogebäudes befand.

„Ich kann es nicht erwarten!“

„Übrigens… ich habe dich auch sehr vermisst“, sagte Harrison, und sie fuhren los.

## Kapitel 36

Während des Abendessens konnte Harrison kaum die Hände von Liz lassen. Er hatte sie so sehr vermisst wie sie ihn. Schließlich hatte er sich nicht mehr auf seine Arbeit konzentrieren können und war nach Australien geflogen. Er war zuversichtlich, die meiste Arbeit für seine Firma auch von hier aus erledigen zu können, denn er traf sich nur noch ab und an mit Klienten, die meiste Zeit sorgte er mehr dafür, dass alles in geregelten Bahnen ablief.

„Erzähl mir was von dem Kerl mit dem du zusammen arbeitest", sagte Harrison.

„Nun ja, sein Name ist Ricardo."

„Ricardo, richtig", lachte Harrison.

„Was?"

„Klingt wie der Name eines Latinosängers", grinste Harrison.

Liz merkte, dass ihr Freund ein wenig eifersüchtig war. Ricardo war ziemlich gutaussehend, eher wie ein Latin-Lover als wie ein Latinosänger. Natürlich änderte das nichts daran, dass es für sie nur Harrison gab.

„Er arbeitet seit fünf Jahren in der Firma. Ein wirklicher

top Mitarbeiter“, fuhr Liz fort, ohne auf Harrisons Bemerkung einzugehen.

„Also ist er dein Boss?“

„Nicht wirklich. Wir arbeiten zusammen an diesem Projekt, nur trägt er die Verantwortung.“

„Das ist cool. Er macht dir aber nicht etwa schöne Augen, oder?“

Liz lächelte und wollte sich nichts anmerken lassen. Auf keinen Fall würde sie Harrison erzählen, dass sie und Ricardo sich geküsst hatten. Ansonsten würde Harrison sie sicherlich nicht mehr mit ihm zusammenarbeiten lassen.

„Nein, er ist einfach nur nett. Ich glaube er könnte schwul sein“, sagte Liz.

„Hm, auf mich wirkte er alles andere als schwul.“

„Ich weiß es auch nicht, aber es geht mich auch nichts an.“

Liz und Harrison genossen ihr Dinner, und als das Dessert kam konnte Harrison nicht mehr an sich halten. Langsam ließ er seine Hand an Liz‘ Beinen hochwandern.

Sie erstarrte und schaute sich im Restaurant um, während Harrisons Finger in immer empfindlicheres Gebiet vorstießen.

„Wir sollten auf mein Zimmer gehen“, schlug er vor.

„Ja, allerdings. Ich glaube, das ist eine gute Idee.“

Harrison winkte der Bedienung, um ihr zu signalisieren, dass er zahlen wollte. Dann spielte er weiter an Liz' Oberschenkel. Glücklicherweise hatte er sich entschieden sich neben sie zu setzen anstatt gegenüber von ihr Platz zu nehmen. Es machte diese Sache so viel einfacher.

„Ich hätte dich gerne als Nachtisch", sagte Harrison und fing an, Liz im Nacken zu küssen.

„Mr. Wellington. Mr. Wellington!" Eine hübsche, junge Frau kam durch das Restaurant geeilt.

Liz wusste sofort, wer das sein musste.

„Ja bitte, Sarah?" fragte Harrison und hörte schnell auf, Liz zu küssen.

„Sie haben einen Anruf vom Büro in Boston. Sie sagen, dass es ein Notfall ist."

„In Ordnung."

Harrison nahm das Telefon von Sarah entgegen und stand vom Tisch auf, um in Ruhe telefonieren zu können.

„Hi, ich bin Liz", sagte Liz und stand ebenfalls auf, um der Frau die Hand zu schütteln.

„Ja. Oh ja, ich weiß. Nett, Sie kennenzulernen", sagte Sarah formell, ohne Liz dabei anzuschauen.

„Sie sind also mit Harrison hierher geflogen? Das ist interessant", sagte Liz.

Eigentlich fand Liz es nicht interessant, sondern flippte innerlich fast aus. Nur die Tatsache, dass sie sich in einem Restaurant befand, ließ sie nicht komplett ausrasten.

„Danke, Sarah. Ich glaube, es ist erstmal alles geklärt“, sagte Harrison und gab Sarah das Telefon zurück.

„Okay, ich sehe Sie morgen früh wieder. Nett, Sie kennengelernt zu haben, Liz“, sagte Sarah und verließ das Restaurant.

Liz saß auf ihrem Platz und wartete darauf, dass Harrison etwas sagte. Irgendetwas. Aber er aß einfach nur seinen Nachtisch und bezahlte dann die Rechnung. Danach drehte er sich wieder zu Liz und ließ seine Hand erneut an ihrem Oberschenkel hochfahren.

„Das glaube ich nicht“, sagte Liz barsch.

„Was?“

„Ernsthaft? Was? Willst du mich verarschen?“ Liz stand auf und wollte gehen, doch Harrison zog sie an ihrem Arm wieder zurück auf ihren Platz.

„Sie hilft doch nur so lange aus wie Martha ihre Tochter mit dem neuen Baby unterstützt.“

„Warum in aller Welt bringst du sie mit hierhin, wenn du mich überraschen wolltest?“

Liz spürte, wie die Wut in ihr aufstieg. Sie wollte zwar nicht eine von den Frauen sein, die ihrem Mann in aller

Öffentlichkeit eine Szene machten, aber sie konnte auch nicht verstehen, warum Harrison seine Aushilfssekretärin mit nach Australien nehmen musste.

„Ich hab viel zu tun und brauche dabei Hilfe. Sie hat mir angeboten, mitzukommen."

„Oh, ich bin mir sicher, dass sie das getan hat", sagte Liz mit einem eisigen Lächeln.

„Liz, Babe. Es ist nicht wie du denkst."

„Wie auch immer. Mir ist auf jeden Fall die Stimmung vergangen. Ich hol mir ein Taxi und werd zurück zu meinem Hotel."

„Es ist ja nicht so, als wärst du ganz ehrlich zu mir gewesen. Du hast praktischerweise vergessen mir zu erzählen, dass du einen Latinohengst als Kollegen hast."

„Ich werde mit dir jetzt nicht darüber diskutieren." Liz beherrschte sich. Wenn sie ihren Ärger und ihre Wut jetzt die Überhand gewinnen lassen würde, dann bestand die Chance, dass die Sache hier eskalierte.

Das letzte, was sie jetzt wollte, war, dass Harrison sah, wie sie ausrastete – insbesondere, wenn die Sache mit Sarah tatsächlich nichts zu bedeuten hatte. Liz wusste, dass es am besten war, jetzt zu gehen und runterzukommen, um morgen nochmal mit Harrison zu reden.

# Kapitel 37

Am nächsten Tag auf der Arbeit konnte Liz nicht aufhören darüber nachzudenken, dass Harrison seine Aushilfssekretärin mitgebracht hatte. Ihre Gedanken wanderten zurück zu dem Trip, den sie mit Harrison nach Boston unternommen hatte. Und natürlich zu all den Schweinereien, die die beiden miteinander in ihrem Hotelzimmer getrieben hatten.

So sehr sie auch versuchte, rational mit der ganzen Situation umzugehen, es wollte ihr einfach nicht gelingen. Alleine die Art und Weise, wie diese Sarah sie angeschaut hatte – Liz hatte keinen Zweifel daran, dass diese Tussi hinter Harrison her war. Ob er es wahr haben wollte oder nicht, Sarah wollte mit ihm schlafen, das konnte Liz spüren.

„Alles klar bei dir?“, fragte Ricardo, als er sie so ins Leere starren sah.

„Nein. Irgendwie nicht“, antwortete Liz.

„Was ist los? Ärger an der Beziehungsfront?“ Ricardo zog seinen Stuhl an den Schreibtisch von Liz, so dass sie sich direkt ansehen konnten.

„Nein. Ja. Ach, ich weiß es selbst nicht.“

„Nun ja, ich bin ein fantastischer Zuhörer.“ Ricardos Grinsen heiterte Liz auf.

„Harrison hat seine Sekretärin mitgebracht.“

Ricardo sprang theatralisch von seinem Stuhl auf und hielt seine Hände vors Gesicht, so als sei er zutiefst schockiert.

„Nein, das hat er nicht!“, sagte er mit einer Stimme, die vor Ironie nur so triefte.

„Das ist nicht lustig. Sie ist wirklich hübsch.“

„Aber ist es wirklich so ungewöhnlich? Er wirkt wie ein Geschäftsmann, der viel zu tun hat. Du kannst besser beurteilen als ich, ob er tatsächlich eine Assistentin hier braucht.“

Liz dachte einen Moment lang darüber nach. Während ihres Trips mit Harrison nach Boston hatte sie selbst auch als seine Sekretärin gearbeitet, und in der Zeit war er tatsächlich extrem beschäftigt gewesen. So beschäftigt, dass er sie die ganze Woche lang ignoriert und sie nur am Wochenende Zeit füreinander gefunden hatten.

„Ja, wahrscheinlich braucht er tatsächlich jemanden. Er besitzt zwei große Kanzleien.“

„Dann ziehe bitte keine voreiligen Schlüsse. Werd nicht zu einer Furie, ohne dass es tatsächlich einen Grund dafür gibt. Das können wir Männer nämlich so gar nicht leiden.“

„Danke, ich werd’s mir merken“, lächelte Liz.

Sie fühlte sich bereits viel besser. Ricardo hatte recht.

Diese Sarah war keine Bedrohung. Sie bedeutete Harrison nicht im Ansatz so viel wie Liz es tat. Er war um die halbe Welt geflogen, nur um Zeit mit ihr zu verbringen. Liz durfte ihre Unsicherheit nicht die Oberhand gewinnen lassen.

„Warum gehst du heute nicht etwas früher und redest mit ihm?“, fragte Ricardo. „Ich schaff das hier schon.“

Liz ließ sich nicht zweimal bitten. Sie nahm ihr Handy und schrieb Harrison, dass er sie abholen solle.

„Mal schauen, wann er sich meldet. Lass uns bis dahin noch etwas arbeiten.“

Je länger sie arbeiteten, desto größer wurden die Sorgen, die Ricardo in Liz‘ Gesicht sah. Harrison schien sich nicht zurückzumelden.

„Wenn er zu beschäftigt ist, warum gehst du nicht mit mir und ein paar Freunden nach der Arbeit aus? Wir gehen in ein mexikanisches Restaurant, das wird bestimmt lustig!“

Gerade als sie antworten wollte, klingelte ihr Handy. Es war eine SMS von Harrison.

*Warum kommst du nicht um 22 Uhr auf mein Zimmer? Ich muss noch ein paar Dinge erledigen. Zimmer 1009.*

Liz starrte nur auf den Text.

„Was sagt er?“ Ricardo war der betrübte Gesichtsausdruck von Liz nicht entgangen.

„Er hat gesagt, er kann nicht vor zehn Uhr.“

„Naja, dann hast du ja vorher genügend Zeit um mit uns ein paar Drinks zu kippen!“

Liz liebte Ricardos positive und aufmunternde Art. Sein Humor schaffte es immer wieder, die dunklen Wolken vor Liz‘ innerem Himmel zu vertreiben.

„Jepp, ich glaube ich bin dabei.“

*

Als sie in dem mexikanischen Restaurant ankamen, war Liz ein wenig überwältigt davon, wie viele Leute mit ihnen unterwegs waren. Ricardo hatte anscheinend unglaublich viele Menschen kennengelernt und neue Freundschaften geschlossen. Er war wirklich gut darin, Bekanntschaften zu machen.

Liz kippte schnell einen Drink herunter, um ihre aufkommende Sozialphobie zu bändigen. Auch wenn sie gerne unter Leuten ging, so waren dass hier ein wenig zu viele neue Gesichter auf einmal für sie.

Es dauerte nicht lange, bis sie bei ihrem dritten Drink war, und langsam aber sicher kam sie mit mehreren Personen ins Gespräch. Sie unterhielt sich mit einer Frau aus der Poststelle, die eine faszinierende Geschichte darüber erzählte, wie sie zu ihrem Job gekommen war.

„Ich wurde eigentlich mehr aus Versehen angestellt", scherzte sie.

„Wie kann sowas denn passieren?", fragte Liz.

„Ich hatte mich eigentlich bei der Konkurrenz beworben, habe aber aus Versehen meine Bewerbungsunterlagen hierhin geschickt. Als ich zum Vorstellungsgespräch eingeladen worden bin, habe ich direkt von meinem Fauxpas erzählt, doch sie stellten mich direkt ein. Wahrscheinlich waren sie sich sicher, dass ich das Angebot nicht annehmen würde, doch da lagen sie falsch." Die Frau kicherte und grunzte vor Lachen.

Liz merkte, dass sie selbst ebenfalls grunzte und lachte, was ihr zeigte, dass sie schon ziemlich einen sitzen hatte.

Es fühlte sich gut an, endlich mal ein wenig zu entspannen nach dem ganzen Stress bislang hier in Sidney. Liz bestellte noch einen Drink und es dauerte nicht lange, bis der Raum anfing sich vor ihren Augen zu drehen. Der Alkohol hatte zwar perfekt geholfen, um den Stress zu betäuben, doch jetzt konnte sie kaum noch gerade stehen.

„Bist du okay?", fragte Ricardo und legte einen Arm um ihre Hüfte.

„Ich bin mir sicher, dass ich das bin, und gleichzeitig weiß ich es nicht", lallte Liz.

„Ich glaube, ich sollte dich auf dein Zimmer bringen. Wo ist deine Tasche?" Ricardo schaute sich um, konnte aber die weiße Tasche nicht entdecken, mit der Liz gekommen war.

Liz selbst war keine große Hilfe, sie saß nur da und bemühte sich, nicht komplett abzustürzen. Währenddessen suchte Ricardo ihre Tasche.

„Ich kann sie nicht finden, Liz. Ich habe dem Barkeeper meine Nummer gegeben und ihm gesagt, er solle sich melden, wenn jemand etwas findet. Lass uns jetzt gehen."

Liz nickte nur, weil sie das Gefühl hatte, nicht mehr sprechen zu können. Es war schon eine Leistung, hier zu sitzen ohne dabei umzufallen. Da wollte sie es gar nicht erst versuchen, ganze Sätze von sich zu geben.

Ricardo hielt sie immer noch an der Hüfte und half ihr hoch. Dann brachte er sie nach draußen, wo sie sich ein Taxi nahmen und zurück zum Hotel fuhren.

## Kapitel 38

Liz wachte morgens auf und brauchte erstmal einen Moment, um klarzukommen. Sie hielt sich die Hand vor die Augen, um den Schmerz in ihrem Kopf zu dämpfen.

Als sie sich aufrichtete und neben sich schaute, traute sie ihren Augen nicht. Ricardo lag neben ihr. Als sie sich genauer umsah, bemerkte sie, dass sie bei ihm im Zimmer lag.

Oh nein. Wie hatte das nur passieren können? Liz blickte an sich hinab und stellte erleichtert fest, dass sie noch ihre Arbeitsklamotten anhatte. Das war ein Hoffnungsschimmer. Vielleicht war nichts zwischen ihnen passiert?

Liz stand auf und suchte leise ihre Tasche im Zimmer. Sie suchte auch im Bad, wobei sie kurz die Toilette benutzte. Doch sie konnte sie nirgends finden. Liz wollte Ricardo nicht extra aufwecken, aber sie musste Harrison anrufen.

Langsam fiel ihr wieder ein, dass sie ihn eigentlich gestern Abend hätte treffen sollen. Wahrscheinlich machte er sich unglaubliche Sorgen um sie. Liz suchte weiter im Zimmer nach ihrer Tasche, doch sie konnte sie nicht finden.

Dann entschied sie, dass es wohl am besten sei, wenn sie direkt zu Harrisons Hotel ginge.

Vorsichtig öffnete sie die Zimmertür und schlich sich nach draußen, bevor Ricardo aufwachen konnte. Dann ging sie in die Lobby, um sich einen Ersatzschlüssel für ihr Zimmer zu besorgen (glücklicherweise kannte der Portier sie mittlerweile), so dass sie sich eine schnelle Dusche gönnen und ein wenig Geld für ein Taxi einstecken konnte.

Sie wollte auf keinen Fall bei ihm erscheinen und aussehen als hätte sie die Nacht im Bett eines anderen verbracht. Obwohl genau das passiert war. Liz merkte, wie sich Unbehagen in ihr ausbreitete. Es fiel ihr sogar schwer zu atmen.

Hoffentlich hatte sie nicht mit Ricardo geschlafen. Sie konnte sich an nichts mehr erinnern, nachdem sie das mexikanische Restaurant verlassen hatten.

In ihrem Hotelzimmer legte Liz sich frische Sachen raus und ging unter die Dusche. Das warme Wasser an ihrem Körper fühlte sich gut an, weshalb sie wesentlich länger drunter blieb, als sie ursprünglich geplant hatte.

Als das Telefon auf ihrem Zimmer klingelte, sprang sie aus der Dusche und ging ran.

„Wo bist du hin?“, fragte Ricardo am anderen Ende der Leitung.

„Ich musste duschen und werde wahrscheinlich später kommen heute.“ Liz wollte immer noch nicht wissen, ob sie mit Ricardo Sex gehabt hatte, doch das würde sie nicht am Telefon besprechen.

Sie legte auf und trocknete sich ab. Während sie sich kämmte und ausgehfertig machte, stieg Panik in ihr auf.

Harrison würde sowas von angepisst sein, wenn er erfuhr, was passiert war. Wahrscheinlich hatte er die ganze Nacht über vergeblich versucht sie zu erreichen. Liz überlegte, wie sie ihm das erklären wollte. Was würde sich nach einer guten Entschuldigung anhören, warum sie weder erreichbar gewesen war noch ihn besucht hatte?

Liz entschied, dass sie sich das auf dem Weg im Taxi überlegen musste, sie war eh schon spät dran. Es war fast neun Uhr morgens, und sie hoffte, ihn überhaupt noch in seinem Hotel anzutreffen.

Während der Taxifahrt fiel ihr allerdings nichts Gutes ein, da sie viel mehr damit beschäftigt war, bewusst zu atmen, um keinen Panikanfall zu bekommen. Jedoch half das auch nicht besonders, sie fühlte sich immer noch, als würde die Welt nicht aufhören, sich in ihrem Kopf zu drehen.

Als sie vor Harrisons Hotel ausstieg, war ihr schwindelig. Der Portier sah das und stützte sie am Arm. Es dauerte nicht lange, bis sie ein Glas Wasser bekam.

Ein passender Service für ein Fünf Sterne Hotel.

„Es ist schon okay. Ich fühle mich einfach nicht besonders. Tut mir leid für die Umstände.“ Liz wollte, dass der Mann verschwand, aber er blieb einfach sitzen.

„Kann ich Ihnen etwas zu essen bringen?“

Dann würde er immerhin gehen.

„Klar."

Es dauerte nur eine Minute, dann war der Kerl wieder mit allen möglichen Crackern bei ihr. Liz dankte ihm und stand dann auf, um in Richtung des Aufzugs zu gehen. Der Mann beobachtete jeden ihrer Schritte.

Sie fühlte sich erleichtert, als sich die Fahrstuhltüren hinter ihr schlossen.

Auf dem Weg zum zehnten Stockwerk entschied Liz, dass sie Harrison ganz einfach die Wahrheit sagen würde. Sie war sehr betrunken gewesen und musste nach Hause gebracht werden, dabei hatte sie ihre Tasche verloren. In wessen Bett sie geschlafen hatte, musste er ja nicht unbedingt erfahren.

Schließlich klopfte sie an der Tür von Zimmer 1009.

Es kam niemand, doch Liz konnte hören, wie sich drinnen unterhalten wurde.

Liz klopfte erneut.

Dann wurde die Tür geöffnet. Wie in Zeitlupe realisierte Liz, wer da vor ihr stand. Es war Sarah. Und sie trug einen Pyjama.

Harrison kam schnell hinter ihr zum Vorschein und öffnete die Tür noch weiter, so dass er sehen konnte, wer da geklopft hatte.

„Liz! Ich hab mir unglaubliche Sorgen gemacht! Wo bist

du nur gewesen?", fragte Harrison und machte einen Schritt auf sie zu.

Liz wich zurück, als sie realisierte, was hier gerade vor sich ging. Harrisons Sekretärin stand im Pyjama in seinem Zimmer.

Liz hielt es nicht mehr aus. Sie fühlte sich, als müsste sie gleich kotzen. Sie rannte den Flur zurück zum Fahrstuhl so schnell sie nur konnte.

# Kapitel 39

Unten in der Lobby hatte Liz einen Schwächeanfall. Sie war noch völlig dehydriert vom Abend zuvor, und der Sprint gerade hatte sein Übriges getan. Sie musste sich hinsetzen.

Kalter Schweiß lief ihr über den Rücken und ihr war wieder extrem schwindelig. Der Portier, die ihr eben schon geholfen hatte, kam direkt zu ihr. Dieses Mal versuchte sie gar nicht erst, ihn zu vertreiben.

Sie hoffte einfach, dass sie gleich wieder die Kraft haben würde um aufzustehen, damit sie wieder in ihr Hotel fahren konnte. Der überraschte Gesichtsausdruck von Harrison hatte sich ihr ins Gedächtnis gebrannt.

Ihn mit Sarah in ihren Pyjamas zu sehen war einfach zu viel gewesen. Falls er wirklich so besorgt um Liz gewesen war, dann hätte er in ihr Hotel fahren und nach ihr schauen können. Stattdessen eine heiße, blonde Göttin von einer Assistentin in sein Zimmer einzuladen war mit Sicherheit nicht die beste Art und Weise, um nach jemandem zu suchen, um den man sich Sorgen machte.

„Liz, es ist nichts passiert. Wir haben versucht dich zu finden“, sagte Harrison hinter ihr.

Liz saß einfach nur da. Sie drehte sich nicht zu ihm um,

um mit ihm darüber zu diskutieren. Letztlich interessierte sie seine Version der Geschichte nicht.

„Liz, wo bist du gewesen? Ich habe angerufen. Ich bin zu deinem Hotel gegangen. Ich habe sogar die Polizei angerufen." Harrison ging um Liz herum und setzte sich neben sie auf dich Couch.

„Du bist zu meinem Hotel gekommen?"

Liz fühlte sich schlagartig extrem schuldig. Wenn das stimmte, dann war Harrison in ihrem Hotel gewesen, während sie in Ricardos Zimmer gelegen hatte. Sie musste es ihm sagen, aber gleichzeitig wollte sie nicht aufhören, sauer auf ihn zu sein. Auch wenn die Tatsache, dass sie neben Ricardo aufgewacht war, weil sie vergangene Nacht einfach zu viel getrunken hatte, der eigentliche Grund dafür war, warum Harrison sie nicht gefunden hatte. Doch der Schock, Sarah in Harrisons Zimmer zu sehen, wirkte noch immer nach.

Keine Frau der Welt würde ihren Mann neben einer Frau wie Sarah in einem Hotelzimmer stehen sehen wollen. Selbst wenn tatsächlich nichts passiert war.

„Ich habe mein Handy verloren, als ich mit ein paar Freunden von der Arbeit unterwegs war. Dann bin ich wohl eingeschlafen, weil ich zu viel getrunken hatte."

„Geht es dir gut? Du siehst übel aus." Harrison zeigte ein so großes Maß an Mitgefühl, dass Liz sich plötzlich wünschte, sie hätte sich daran erinnert, was er eigentlich für ein gutes Herz hatte, bevor sie wie wild weggerannt war.

„Ich habe nur einen unglaublichen Kater und bin völlig dehydriert. Das wird schon wieder."

„Du weißt, dass ich dich liebe, Liz. Sarah ist wirklich nur meine Assistentin. Ich habe sie heute Morgen zu mir gerufen, damit sie mir die Nummer der örtlichen Polizeidienststelle besorgt. Sie hat sie mir aufs Zimmer gebracht damit ich direkt anrufen konnte, weil du gestern Abend nicht vorbeigekommen bist."

Liz fühlte sich immer schlechter. Die Schuldgefühle krochen langsam durch ihren Körper, bis sie schließlich ihren pochenden Kopf erreichten. Vielleicht projizierte sie ja ihr schlechtes Gewissen neben Ricardo aufgewacht zu sein auf Harrison und Sarah. Wenn sie darüber nachdachte, hatte es nichts Anzügliches gegeben; selbst Sarahs Pyjama bestand aus einer langen Hose und einem Oberteil mit Ärmeln.

„Es tut mir leid, wenn ich dir Kummer bereitet habe." Liz gab sich geschlagen.

„Ich bin einfach nur froh, dass es dir einigermaßen gut geht. Ich weiß ehrlich nicht, was ich ohne dich machen würde."

Harrison beugte sich vor, um Liz zu küssen.

„Ich glaube, wir sollten uns nur umarmen. Mein Atem würde dich ausknocken", lächelte Liz und legte ihre Arme um Harrison.

Dann stand er mit einer schnellen Bewegung auf und hob sie auf seine Arme. Mit ihren Armen um seinen Hals geschlungen trug er sie in den Aufzug. Der Portier rannte schnell vor und drückte den Knopf. Als der Lift da war, wusste er anscheinend auch, auf welches Stockwerk sie mussten, jedenfalls drückte er die zehn.

„Das ist wirklich ein Fünf Sterne Hotel, mein lieber Mann“, sagte Liz, während Harrison sie oben den Flur entlang trug.

Sein Zimmer war ausgesprochen luxuriös, viel luxuriöser als das von Liz in ihrem Hotel. Das riesige Kingsize-Bett war elektrisch verstellbar und mit seidenen Bezügen ausgestattet. In einem abgetrennten Bereich war eine große Couch mit Sitzecke und einem gigantischen Flachbildfernseher an der Wand. Die bodentiefen Fenster gaben einen atemberaubenden Blick auf die Stadt preis, der Liz direkt hypnotisierte. Als Harrison sie runterließ, ging sie langsam zu der Glasfront und starrte auf ein in Sonnenlicht getauchtes Sydney, wie sie es noch nie gesehen hatte.

Liz spürte, wie Harrison sich hinter sie stellte. Er zog sie fest an sich ran, beugte sich vor und küsste ihren Nacken. Dann griff er unter ihr Shirt und zog es ihr über den Kopf.

Stück für Stück zog er Liz aus. Sie war gleichzeitig zu müde um dagegen zu protestieren und zu begeistert von dem Ausblick.

So stand sie schließlich nackt vor den Fenstern, während sie auf die Stadt blickte.

Harrison trat einen Schritt zurück und betrachtete Liz. Sie war ganz offensichtlich völlig fasziniert vom Anblick der Stadt. Er zog sich ebenfalls aus und stellte sich dann neben Liz.

„Glaubst du, dort unten merkt irgendjemand, dass wir hier nackt vor dem Fenster stehen?“, grinste er.

„Sollen sie doch.“

Liz nahm Harrisons Hand und sie genossen gemeinsam den wunderschönen Moment. Schließlich gewann die Müdigkeit bei Liz die Oberhand und die entschied, dass sie dieses fußballfeldgroße Bett ausprobieren wollte.

Sie legten sich hin und kuschelten sich in die Seidenlaken. Wenn Liz sich nicht so schrecklich fühlen würde, dann hätte sie gerne Sex in diesem Bett mit Harrison. Aber sie fühlte sich immer noch mies nach dem Absturz vergangene Nacht und was davor mit Ricardo passiert war. Also schmiegte sie ihren Körper eng an Harrison und legte sich in seine Arme, anstatt mit ihm zu schlafen.

Es gab keinen Sex. Aber Liz fühlte sich Harrison näher, als sie es seit längerer Zeit getan hatte. Sie hoffte einfach nur, dass sie nicht alles ruiniert und mit Ricardo geschlafen hatte. Sie musste unbedingt mit ihm darüber sprechen, sobald sie ihn auf der Arbeit sah. Schließlich schlief sie ein.

## Kapitel 40

Harrison gefiel es, den ganzen Tag nackt neben Liz im Bett zu liegen. Er war einfach nur glücklich, dass sie in Sicherheit war und jetzt Schlaf nachholen konnte. Das Gleiche musste er auch tun; er war die gesamte vorige Nacht wach gewesen, weil er sich Sorgen gemacht hatte.

Am nächsten Tag fuhren Liz und Harrison zum Flughafen. Er hatte entschieden, dass es besser wäre, wenn er nach Hause flog, und Liz war der gleichen Meinung. So sehr sie ihn auch vermissen würde, so hatte sie doch schon einen ganzen Tag Arbeit verpasst. So lange er hier war, würde sie sich nicht auf ihr Projekt konzentrieren können.

Als sie das Terminal betraten, sah Liz Sarah dort bereits warten. Sie konnte Sarah nicht leiden und hatte überlegt, Harrison darum zu bitten, sie loszuwerden, es dann aber doch nicht getan. Vielleicht reagierte sie auch über.

„Oh Gott, zum Glück geht es dir gut. Wir haben uns solche Sorgen gemacht“, sagte Sarah und gab Liz eine Umarmung.

Liz wusste nicht, was genau es war, das sie an Sarah nicht leiden konnte. Sie war eigentlich nett zu ihr, doch die Konstellation mit Harrison und einer heißen, jungen, blonden

Sekretärin war einfach nichts, an das man sich gerne gewöhnte.

„Ja, ich hatte mein Handy verloren und mir war schlecht. Danke, dass du dich gesorgt hast.“ Liz versuchte, keinesfalls wie eine eifersüchtige Freundin zu klingen.

Sarah reichte Harrison einen Aktenkoffer, den sie für ihn mitgenommen hatte, und ging dann zum nächstgelegenen Starbucks.

Liz ging mit Harrison zu einem kleinen Café in der Nähe der Sicherheitskontrollen vor der Boarding-Area. Sie genossen ihr Frühstück, ohne zu viel miteinander zu reden.

„Wann glaubst du, kommst du nach Hause?“, fragte Harrison schließlich, nachdem er auf seinem Handy einige SMS geschrieben hatte.

„Das Projekt läuft bis zum 10., das ist glaube ich ein Freitag. Also nur noch wenige Wochen, dann bin ich wieder da.“

„Zum Glück. Ich kann es kaum erwarten, dass unser Leben wieder normal verläuft.“

„Geht mir genauso.“ Liz wollte nichts mehr, als dass alles wieder so werden würde wie vor ihrem Trip nach Australien.

Während sie ihren Kaffee trank, beobachtete sie Harrison, wie er Unterlagen durchging und zwischendurch mit seinem Handy arbeitete. Er war so attraktiv mit seinem dunkelbraunen Haar und den blauen Augen. Liz war fasziniert davon, wie jung er für fast 40 immer noch aussah. Sie hoffte, dass sie sich nur halb so gut halten konnte, wenn sie einmal 40 sein würde. Allerdings hatte sie mit knapp 23 auch noch ausreichend Zeit, um alles dafür zu tun, dass sie genau das schaffte.

„Mr. Wellington, kommen Sie bitte zum Ticketschalter", sagte eine Stimme über das Lautsprechersystem.

„Hm?", fragte Liz.

„Keine Ahnung. Ich frag mal nach, was die wollen", antwortete Harrison und ging zum Ticketschalter von American Airlines.

Liz saß auf ihrem Stuhl und starrte auf Harrisons entsperrtes Handy. Er hatte es einfach liegen lassen, während er gerade eine SMS getippte hatte.

Sie konnte nicht widerstehen. Liz griff rüber und zog das Telefon zu sich hin. Dann drehte sie es auf dem Tisch, so dass sie den aktuellen Chatverlauf lesen konnte. Harrison schrieb mit Sarah. Die letzte Nachricht kam von Sarah und lautete: *Liz hat KA.*

Liz legte ihre Stirn in Falten, als sie darüber nachdachte. Dann wurde ihr klar, was diese Nachricht bedeutete: Sarah sagte, dass Liz „Keine Ahnung" hatte. Schnell scrollte Liz den Nachrichtenverlauf hoch, um zu erfahren, worüber die beiden gesprochen hatten.

Die Nachricht davor kam von Harrison: *Glaubst du, Liz*

*ahnt etwas?*

Liz scrollte immer weiter hoch, doch die anderen Nachrichten handelten nur davon, dass Sarah Harrison ihn irgendwo abholen sollte oder Rechnungen verschicken oder andere belanglose Sachen. Es gab nichts Interessantes bis auf die letzten beiden SMS.

Liz drehte das Handy wieder zu Harrison und legte es dorthin, wo er es abgelegt hatte, damit er keinen Verdacht schöpfte. In ihrem Gehirn ratterte es. Wovon hatte sie keine Ahnung? Was sollte sie ahnen?

Das einzige, an das Liz denken konnte, war, dass die beiden versuchten, eine Affäre zu verheimlichen. Doch es war merkwürdig, dass keine der vorherigen SMS zwischen den beiden darauf hindeutete. Nicht mal der leiseste Ansatz eines Flirts war zu erkennen. Im Gegenteil, die Nachrichten lasen sich fast wie Geschäftsbriefe. Was aber bedeuteten jetzt die letzten zwei SMS?

Liz entschied sich, Harrison nicht darauf anzusprechen. Zumindest nicht jetzt. Am besten ließ sie die Sache vorerst auf sich beruhen, insbesondere wenn man bedachte, dass sie Harrison auch noch nichts davon erzählt hatte, dass sie bei Ricardo im Bett aufgewacht war.

Als Harrison wiederkam, ließ sie sich nichts anmerken.

„Und?“, fragte sie.

„Sie haben meinen Sitzplatz umgebucht. Keine große

Sache. Allerdings muss ich jetzt gleich los."

Die beiden standen auf und gingen rüber zum Sicherheitscheck.

„Ich bin so stolz auf dich. Was du hier leistest, ist beachtlich. Bald bist du bestimmt das Aushängeschild deiner Marketingfirma", sagte Harrison und nahm Liz in den Arm.

Auch wenn er es hasste, dass Liz so weit von ihm entfernt arbeitete, so bewunderte er doch ihre Entschlossenheit und ihre Arbeitsmoral. Das waren zwei der Gründe gewesen, warum er sich in sie verliebt hatte und er würde ihr ganz sicher kein schlechtes Gewissen für etwas machen, das er an ihr schätzte.

„Danke", sagte Liz und zog ihn zu sich runter.

„Oh, ich darf dich heute küssen?", scherzte Harrison.

„Jepp, frisch geputzte Zähne, zumindest bis zu dem Kaffee eben", grinste Liz und küsste Harrison innig. Das Ganze wurde sehr intensiv, bis ein Sicherheitsbeamter sich mehrfach räusperte.

„Anscheinend muss ich dich jetzt gehen lassen", sagte Liz.

„Anscheinend. Aber dieses Mal schaffen wir es hoffentlich öfter zu skypen. Egal wie viel du zu tun hast. Und wenn du nur die Kamera an deinem Handy anmachst und ich dir beim Arbeiten zusehen kann. Ich will dich irgendwie bei mir haben“, sagte Harrison und nahm seine Taschen.

„Das ist ein Deal.“

Liz stellte sich auf die Zehenspitzen und gab Harrison einen letzten Kuss, bevor er durch die Sicherheitskontrollen schritt und zum Boardingbereich ging.

Liz drehte sich um und verließ den Flughafen, da sie plötzlich genau wusste, was unbedingt erledigt werden musste. Sie musste Ricardo finden und mit ihm darüber sprechen, was zwischen ihnen vorgestern Nacht passiert war. Sie war bei ihm im Bett aufgewacht, die Frage war nur, hatten sie auch miteinander Sex gehabt?

Die Antwort auf diese Frage würde darüber entscheiden, ob sie weiterhin mit Harrison zusammen sein konnte. Wenn sie tatsächlich mit Ricardo geschlafen hatte, dann würde Harrison niemals mit ihr zusammenbleiben wollen. Liz verfluchte sich für den Absturz in dem mexikanischen Restaurant, der ihr einen Filmriss beschert hatte, welcher wohlmöglich alles verändern konnte.

## Kapitel 41

„Nett von dir, zur Arbeit zu kommen", sagte Ricardo mit seinem üblichen schelmischen Grinsen.

Trotz seines Versuchs, Lockerheit zu vermitteln, lag eine merkwürdige Anspannung im Raum. Liz wusste, dass sie reden mussten, bevor sie weiter zusammen an dem Projekt arbeiten konnten.

„Können wir uns unterhalten?"

„Wir hatten keinen Sex. Ich weiß, dass du das fragen wolltest."

Sofort überkam Liz eine Welle der Erleichterung. Der Stein, der ihr gerade vom Herzen gefallen war, hatte die Größe eines ganzen Berges gehabt. Die Sorge, sie hätte vielleicht mit Ricardo geschlafen war auch ein Grund gewesen, der sie davon abgehalten hatte, gestern mit Harrison Sex zu haben. Doch nun hatte sie Gewissheit.

„Oh mein Gott. Ja, genau darüber hatte ich mir Sorgen gemacht."

„Sagen wir mal so. Wenn wir mit einander geschlafen hätten… dann würdest du dich daran erinnern", sagte Ricardo und zwinkerte ihr zu.

Liz konnte nicht anders, sie musste laut loslachen. Ricardo war wirklich ein toller Typ, und unter anderen Umständen hätte sie ihn gerne näher kennengelernt oder wäre mit ihm ausgegangen. Aber Harrison war ihre klare Nummer eins, und sie war überglücklich, ihn in ihrem Leben zu haben. Umso mehr, wo sie jetzt Sicherheit darüber hatte, dass sie ihn nicht betrogen hatte. Sie hoffte nur, dass das andersrum genauso galt. Die SMS zwischen ihm und Sarah bereiteten ihr nach wie vor Kopfzerbrechen.

„Wollen wir dann weiterarbeiten und dieses Projekt gemeinsam rocken?“, fragte Liz, während sie sich an ihren Schreibtisch setzte.

„Weiterarbeiten? Gute Idee. Das mache ich nämlich schon die ganze Woche. Aber rate mal, wer die letzten beiden Tage nicht da war? Hm…“, ärgerte sie Ricardo.

„Ja, es tut mir leid. Ich vertrage anscheinend weniger, als ich dachte.“

„Wie lief es denn mit Harrison? War er sauer?“, fragte Ricardo und trank einen Schluck aus seiner Kaffeetasse.

Auch wenn er ihn nicht gut kannte, vermutete Ricardo, dass jeder Mann der Welt sauer sein würde, wenn er herausfand, dass seine Freundin im Bett eines anderen aufgewacht war.

„Als ich in sein Hotel gefahren bin, hat mir seine Sekretärin im Pyjama die Zimmertür geöffnet“, sagte Liz nachdenklich.

„Hat er sie geknallt?“

„Das glaube ich nicht. Er hat mich doch am Abend vorher erwartet. Er sagte mir, sie hätten gemeinsam nach mir gesucht und die Polizei verständigt.“

„Hört sich irgendwie komisch an, finde ich.“

Genau das fand Liz auch, je länger sie darüber nachdachte. Doch sie wollte jetzt nicht weiter darüber reden. Im Gegenteil, die Arbeit war eine willkommene Gelegenheit, um sich von all dem anderen Kram abzulenken. Sie hatten noch so viel zu tun und nur noch wenig Zeit, um das Projekt abzuschließen.

„Lass uns mal den neuen Entwurf besprechen“, wechselte Liz das Thema. „Vielleicht sollten wir noch einige Farben ändern.“

Von diesem Punkt an waren die beiden wieder voll im Arbeitsmodus. Sie verbrachten den Rest des Tages damit, durchzumalochen, bis es dunkel wurde. Liz war fasziniert davon, wie hart Ricardo arbeiten konnte, wenn es darauf ankam. Sie hatte noch nie mit jemandem gearbeitet, der sich ebenso seinem Job verschrieb, wie sie es tat. Es war schön, solch einen Kollegen zu haben.

Erst als Bella sie anrief, legte sie schließlich eine Pause ein.

„Wie geht's dir, Lizzigirl? Vermisst du mich?", fragte Bella in ihrer typischen Art.

„Es ist unglaublich viel zu tun, aber es geht mir gut. Wie geht's dir? Wie ist dein Sommer?" Liz merkte erst jetzt, wie sehr ihre Freundin ihr fehlte. Vor noch gar nicht so langer Zeit waren die beiden unzertrennlich gewesen. Die meiste Zeit war sie zu beschäftigt mit ihrem Job oder Harrison gewesen, und sie fühlte sich schuldig Bella gegenüber. Auch wenn die ihr deshalb nie Vorwürfe machen würde, schließlich hatte sie selbst immer genug Leute um sich rum, mit denen sie etwas unternehmen konnte. Das brachte das Studentenleben mit einem steinreichen Vater nun mal so mit sich.

„Langweilig! Ich hab mir überlegt zu dir rüberzufliegen, falls mein Dad es mir bezahlt."

„Er ist gerade noch hier gewesen und fliegt jetzt wieder zurück, du hättest einfach mitkommen sollen!"

„Echt jetzt? Das ist blöd. Er hält mich bei sowas nie auf dem laufenden. Ich glaube, ich muss ihn wieder öfter anrufen."

Womit wir wieder bei deinem Studentenleben wären, dachte Liz. Harrison versuchte, so gut es ging regelmäßig Kontakt mit Bella zu haben, doch ihr Terminkalender war oft voller als der von irgendwelchen Promis. Liz und Harrison hatten schon so manches Mal darüber gescherzt, dass Bella ihre eigene Reality-Show haben müsste. Und das nicht nur wegen der Tatsache, dass sie andauernd unterwegs war, sondern auch, weil sie in die unmöglichsten Situationen geriet, die einfach nur filmreif waren.

„Mich hält er leider auch nicht immer auf dem laufenden“, sagte Liz leise.

„Was meinst du damit? Ist alles okay zwischen euch?“ Bella hörte sich plötzlich besorgt an.

Auch wenn sie zunächst dagegen gewesen war, dass Liz und Harrison zusammenkamen, musste Bella mittlerweile zugeben, dass die zwei wirklich gut zueinander passten. Der Altersunterschied bestand praktisch nur auf dem Papier, und sie hatte ihren Vater selten so glücklich erlebt wie mit Liz. Doch dass diese nun eine solche Bemerkung machte, beunruhigte Bella.

„Ach, es ist eigentlich nichts. Ich habe nur merkwürdige SMS zwischen ihm und seiner superheißen Assistentin gelesen.“

„Ja, sie ist echt hübsch. Aber ich glaube nicht, dass da was läuft. Mein Dad ist verrückt nach dir.“

„Ich glaube auch nicht, dass er mich betrügt. Aber ich habe trotzdem das ungute Gefühl, als ob er etwas verheimlicht. Und das beschäftigt mich.“

„Kann ich verstehen. Aber mach dir nicht so einen Kopf. Wir sehen uns hoffentlich bald!“, sagte Bella.

Die beiden vereinbarten, dass Bella sie noch vor ihrer Rückkehr in die USA hier in Australien besuchen sollte, und das so schnell wie möglich. Nach dem Telefonat fühlte Liz sich besser. Nicht nur in Bezug auf Harrison, sondern auch, weil sie ihre beste Freundin bald wiedersehen würde. Sie packte ihre Sachen und fuhr zurück zum Hotel; Ricardo war schon gegangen, während sie noch telefoniert hatte.

In ihrem Hotelzimmer legte sie sich direkt hin und schlief ein. Sobald Bella hier sein würde, wäre es eh vorbei mit ausreichend Schlaf, schließlich ging ihre Freundin nur selten vor Sonnenaufgang ins Bett. Es würde trotzdem bestimmt eine tolle Zeit werden, wenn Bella hier war.

Liz hoffte nur, dass sie trotzdem noch genug Zeit zum Arbeiten fand. Ein erster Schritt dafür war, weniger zu trinken, vor allem nach dem Vorfall mit Ricardo.

# Kapitel 42

„Kommst du gleich mit um meine Freundin Bella vom Flughafen abzuholen?“, fragte Liz einige Tage später.

„Bella?“

„Ja, sie ist Harrisons Tochter.“

„Warte! Was?! Du bist befreundet mit der Tochter deines festen Freundes? Wie alt ist sie?“

„Sie ist 19. Wir kannten uns schon, bevor ich Harrison kennengelernt habe. Ehrlich gesagt habe ich ihn über sie kennengelernt.“

„Oh wow, Liz, du hast wirklich ein verrücktes Leben.“ Ricardo schüttelte lächelnd den Kopf.

Er war einverstanden, mit zum Flughafen zu kommen, auch wenn er mittlerweile seine Zweifel hatte, ob Harrison ehrlich zu Liz war oder nicht. Seiner Meinung nach waren Männer, die sich wie Betrüger verhielten und wie Betrüger texteten, meistens auch genau das waren: Betrüger.

„Ja, wobei es mir nie so verrückt vorkam.“

„Naja, ich finde schon. Trotzdem komme ich natürlich mit. Wann müssen wir los?“

„Sie landet in rund einer Stunde."

„Dann lass uns jetzt schon losfahren, besser wir warten dort noch etwas, als dass wir zu spät kommen."

Genau das taten sie. Während sie am Flughafen auf Bella warteten, musste Liz sich daran erinnern, wie viel Spaß sie immer zusammen an der Uni gehabt hatten. Wenn Bella nicht gewesen wäre, wäre Liz wohl so gut wie nie vor die Tür gegangen, sondern hätte sich nur mit der Arbeit oder dem Studium beschäftigt.

„Liz!", hörte man eine schrille Stimme von der anderen Seite des Terminals schreien.

Bella rannte in vollem Sprint auf Liz und Ricardo zu. Dabei schrie sie wie wild und schien überhaupt nicht zu bemerken, dass sie praktisch vom gesamten Terminal angestarrt wurde.

„Pass auf, ich glaub sie wird dich rammen", sagte Ricardo und ging einen Schritt zur Seite.

Bevor Liz seine Worte überhaupt realisiert hatte, sprang Bella auf sie zu und rammte sie wie ein Footballspieler auf den Boden.

„Liz, ich hab dich so vermisst!", sagte sie, während sie wieder aufstand und Liz eine Hand reicht, um auch ihr hoch zu helfen.

„Ich hab dich auch vermisst, Bella", grinste Liz, während

sie sich die Klamotten abklopfte.

„Hi, ich bin Bella, die beste Freundin“, sagte Bella und schüttelte Ricardo die Hand.

Schüchtern war Bella noch nie gewesen. Sie wartete nicht darauf, dass man sie jemandem vorstellte oder achtete auf sonstige gesellschaftliche Konventionen. Sie war schon immer mehr der Typ Mädchen gewesen, die tat, was es wollte.

„Ich bin Ricardo, der Arbeitskollege von Liz“, lächelte er.

Ricardo hatte noch nicht oft Leute getroffen, die mehr Energie hatten als er. Die meiste Zeit über war er es, der die Partys schmiss und zu dem die Menschen kamen, wenn sie eine gute Zeit haben wollten. Aber im Vergleich zu Bella wirkte er fast schon zahm. Und es gefiel ihm, mal nicht die extrovertierteste Person im Raum zu sein.

„Liz, musst du heute noch arbeiten? Gehen wir heute Abend raus? Wie spät ist es hier überhaupt?“

Liz schaute Ricardo an, um eine Antwort auf diese Fragen geben zu können. Sie hatten in den vergangenen Tagen viel geschafft und waren mit dem Projekt so weit, dass sie sich eigentlich für den Rest des Tages frei nehmen konnten. Doch es war nicht an Liz, das zu entscheiden. Ricardo leitete das Projekt.

„Wir sind fertig für heute“, sagte er. „Ihr solltet euch einen schönen Tag machen und Spaß haben.“

„Yes! Perfekt! Lass mich schnell ins Hotel damit ich mich aufbrezeln kann und dann zeigst du mir die besten Partyspots hier“, sagte Bella und ging in Richtung des Gepäckbandes.

Liz und Ricardo warteten auf Bella, während die Koffer um Koffer an sich nahm.

„Ich kenne nicht viele Partyspots außer der Bar, in der wir waren“, sagte Liz zu Ricardo. „Du solltest mit uns kommen heute Abend.“

„Ich kenne einen wirklich coolen Club, der euch gefallen müsste. Ich glaube, ich komme mit. Ich meine, zwei so heiße Mädels als Date für heute Abend? Wer könnte da nein sagen?“, grinste er.

Ricardo holte einen Gepäckwagen und schob ihn zu Bella, die mit ihren ganzen Taschen und Koffern zu kämpfen hatte. Liz fragte sich, wie ihre Freundin es überhaupt geschafft hatte, damit hier hinzureisen.

„Na, genug Schuhe dabei?“, scherzte Ricardo, während er die Taschen auf den Gepäckwagen stellte.

„Ich glaube schon. Ich habe zehn Paar dabei.“

„Zehn Paar Schuhe? Wie lange willst du bleiben, bis nächstes Jahr?“

Bella musste unwillkürlich lächeln. Irgendwie mochte sie diesen Kerl, der dazu noch unheimlich gut aussah. Sein Latinolook hatte etwas Verführerisches.

Als die drei zurück am Hotel waren, gab Liz Bella einen Zimmerschlüssel, damit die sich ausgehfertig machen konnte, was ihrer Erfahrung nach schon mal ein bis zwei Stunden dauern konnte.

„Ich werd mich ein wenig hinlegen, während Bella sich ausgehfertig macht. Ich denke, wir könnten gegen sechs Uhr bei dir sein, okay?", fragte Liz Ricardo, der versuchte, Bellas Koffer zu tragen.

„Dieses Mädel muss lernen, leichtere Koffer zu packen", stöhnte Ricardo.

Liz lachte. Sie kannte Bella zu gut, als dass jemand sie überzeugen würde, weniger als einen kompletten Kleiderschrank mit auf Reisen zu nehmen.

„Sie packt immer für einen Notfall", sagte Liz und nahm ihm zwei kleinere Taschen ab.

„Einen Schuhnotfall?", lachte Ricardo.

Liz und Ricardo stiegen in den Fahrstuhl und fuhren nach oben, um die Taschen nachzubringen. Wie aus dem Nichts schossen Liz wieder die Bilder von Sarah im Pyjama in den Kopf. Sofort wanderten ihre Gedanken auch wieder zu den SMS, die sie auf dem Handy von Harrison gefunden hatte. Sie würde lügen, wenn sie sagen würde, dass sie sich ganz sicher war, dass da nichts lief.

Auf einmal lehnte sich Ricardo sich gegen Liz und kam ihr sehr nahe, doch Liz drückte ihn von sich weg.

„Du siehst aus, als könntest du ein wenig Aufmunterung vertragen“, sagte Ricardo.

„In jedem anderen Leben würde ich mich sehr gerne mit dir ablenken, Ricardo. Aber ich muss erst einmal die ganze Geschichte mit Harrison und seiner Sekretärin für mich klären, bevor ich auch nur über so etwas nachdenken könnte. Verstehst du mich?“

„Na klar. Ich finde bestimmt jemand anderen, der sich über meine Aufmunterung freut“, lächelte er.

Liz konnte sich vorstellen, wie eine solche Aufmunterung aussah. Ricardo wirkte überhaupt nicht verletzt aufgrund der Abfuhr von Liz. Stattdessen hielt er ihr grinsend die Aufzugtür auf, damit sie alle Taschen von Bella rausbekam und auf ihr Zimmer bringen konnten.

„Wir sehen uns um sechs“, sagte Liz, bevor sie ihre Zimmertür schloss.

Liz fühlte sich erschöpft. Der Gedanke, heute Abend feiern zu gehen, war gerade unvorstellbar weit entfernt. Die Vorstellung, sich vernünftig auszuschlafen war hingegen sehr verlockend.

Ihr Telefon klingelte, als ein Skype Anruf reinkam. Es gab nur eine Person, die das sein konnte, und dieses Mal wollte sie den Anruf auf gar keinen Fall verpassen. Sie griff in ihre Tasche, um das Handy herauszuholen und nahm das Gespräch an.

## Kapitel 43

„Ja, Bella ist gut angekommen", begrüßte Liz Harrison direkt.

„Das ist toll. Wie geht es dir? Ich vermisse dich schon wieder", sagte Harrison mit einem großen Lächeln.

Er saß an seinem Schreibtisch im Büro und trug ein brillantblau geknöpftes Hemd. Liz liebte diese Farbe. Sie betonte seine Augen noch stärker, wenn das überhaupt möglich war. Die Muskeln an seinen Armen zeichneten sich unter den Hemdsärmeln ab und wirkten so, als könnten sie den Stoff zerreißen, wenn er seinen Bizeps auch nur kurz anspannte.

„Mir geht's gut. Ich bin nur ein wenig müde. Aber Bella und Ricardo wollen heute Abend feiern gehen", seufzte Liz und zog eine Grimasse.

„Oh, Ricardo kommt auch mit?"

„Ja, ich kenn mich mit den Clubs hier kaum aus, er hingegen schon. Außerdem haben wir so einen Aufpasser, dann musst du dir auch keine Sorgen machen."

„In Ordnung. Glaube ich zumindest."

Liz ignorierte die Überheblichkeit, mit der Harrison sprach. Sie wusste, dass er Ricardo nicht besonders mochte, aber das musste er einfach aushalten. Wahrscheinlich würde sie nach diesem Projekt sowieso wieder mit jemand anderem zusammenarbeiten.

„Wie läuft's bei dir in der Firma? Arbeitet Sarah noch für dich?"

„Ja, sie macht einen tollen Job. Aber Martha wird bald wieder hier sein, und sie ist noch besser."

Liz hätte gerne noch weiter nachgebohrt, aber sie entschied es nicht zu tun. Sie hatte nur die SMS als Beweis. Aber als Beweis für was? Es brachte nichts, sich über diese Dinge Sorgen zu machen, ermahnte sie sich. Vor allem war ein Skype Call mit Sicherheit nicht der richtige Rahmen, so etwas anzusprechen.

„Super. Also, ich werd mich noch ein bisschen hinlegen, bevor Bella mit mir hier die Clubs unsicher macht."

„Schlaf schön, mein Liebling. Wir sprechen uns morgen."

Liz warf Harrison eine Kusshand zu und beendete das Gespräch. Sie fühlte sich so müde, es war ihr egal, ob sie jetzt einschlief und erst morgen früh wieder aufwachte, selbst wenn das bedeutete, dass sie heute Abend nicht feiern gingen. Doch wie sie Bella kannte, würde das nicht passieren.

Knapp zwei Stunden später zeigte sich, dass sie recht behalten sollte. So stand sie um kurz nach sechs in einem von Bellas Cluboutfits und war fertig, um loszugehen. Ihr persönlich hätten auch Jeans und ein schickes Top gereicht, doch Bella wollte Liz nicht aus dem Zimmer lassen, bevor sie etwas Stylisheres angezogen hatte.

„Wow, ihr zwei seht unglaublich aus. Lasst uns schnell ein Foto zusammen machen, das ich posten kann. Meine Freunde werden bestimmt neidisch“, sagte Ricardo, als er Bella und Liz abholte.

Sie baten einen der Hotelangestellten, ein Foto zu machen. Ricardo stand in der Mitte zwischen den beiden Mädels. Als er sein Handy wieder zurückbekam, konnte er es gar nicht erwarten, das Bild hochzuladen. Seine Freunde würden Augen machen.

Im Club angekommen dauerte es nicht lange, bis Bella und Liz den Abend genossen und die ganze Nacht über tanzten. Liz beließ es allerdings bei unalkoholischen Getränken, da sie ihren Absturz vor einiger Zeit noch gut in Erinnerung hatte.

Als Liz eine Pause brauchte, löste Ricardo sie nur zu gerne auf der Tanzfläche ab und tanzte mit Bella. Die beiden schienen sich prächtig zu verstehen. So kam es dann auch, dass Liz später am Abend entschied, alleine nach Hause zu fahren. Sie umarmte die beiden und checkte, ob Bella einen Zimmerschlüssel hatte

„Pass gut auf sie auf“, sagte Liz zu Ricardo.

„Natürlich. Du weißt, dass ich das tun werde.“

Das wusste Liz tatsächlich. Ricardo war auch in der Nacht als Liz zu viel getrunken hatte der perfekte Gentleman gewesen. Er hatte sie nach Hause gebracht und auch wenn Liz sich zunächst gesorgt hatte, als sie in seinem Bett aufgewacht war, so waren diese Sorgen unbegründet gewesen. Sie hatten nicht miteinander geschlafen, sondern Liz hatte ihren Zimmerschlüssel nicht finden können – deshalb hatte Ricardo sie mit zu sich genommen.

Als Liz an diesem Abend ihr Hotelzimmer betrat, war es fast zwei Uhr morgens. Sie war so müde, dass sie sich in ihren Klamotten aufs Bett fallen ließ und sofort einschlief. Als sie gegen fünf kurz aufwachte, war Bella noch nicht wieder da.

Liz setzte sich auf und schaute auf ihr Handy. Sie wollte Bella anrufen, doch die hatte ihr schon eine SMS geschickt.

*Ich schlafe in Ricardos Zimmer.*

Oh Mann, lief da etwas zwischen den beiden? Liz musste sofort an Harrison denken und dass er es niemals gutheißen würde, wenn Bella etwas mit Ricardo hatte. Entweder lag es an seinem Latinostyle oder an seinem guten Aussehen, aber Harrison würde ausflippen.

Gerade als sie darüber nachdachte, klingelte ihr Handy. Als hätte er etwas geahnt, rief Harrison per Skype an. Sie ging sofort ran, auch wenn sie sich kurz danach dafür verfluchte. Vielleicht hätte sie das besser nicht getan – wie sollte sie erklären, dass Bella nicht bei ihr war?

„Hey Baby“, sagte Liz zu Harrison.

„Hey Süße. Wie war deine Nacht? Hab ich dich geweckt?“

„Ja, es ist kurz nach fünf. Ich hab noch geschlafen, aber wollte trotzdem kurz rangehen. Vielleicht kann ich dich ja später zurückrufen?“

Liz wollte an dieser Stelle das Gespräch beenden, bevor Harrison nach Bella fragen konnte.

„Klar. Kann ich noch kurz Bella sprechen?“

So viel dazu.

„Oh… naja, du weißt ja, wie sie ist, wenn sie schläft und man sie dann weckt. Falls ich sie überhaupt wach bekommen würde. Wir rufen dich besser später an. Hab einen schönen Tag.“

Liz warf Harrison einen Kuss zu und legte auf. Dann schrieb sie noch eine SMS, in der sie erklärte, wie müde sie war und dass sie später in Ruhe sprechen konnten.

Liz dachte über ihre Freundin und ihren Kollegen nach. Es gab eh nichts, was sie dagegen machen konnte, wenn etwas zwischen Bella und Ricardo lief. Die beiden waren erwachsen. Doch wenn Liz es sich genauer überlegte, war diese Idee weder für Ricardo noch für Bella gut. Sie würde mit Bella darüber reden müssen, sobald diese wieder da war.

Ricardo brauchte eine Freundin in seinem Alter, mit

einem Job und einem geregelten Leben. Keine Studentin, die nur von einer Party zur nächsten zog, so wie Bella. Mit diesen Gedanken schlief Liz ein.

## Kapitel 44

Auf der Arbeit wartete Liz auf Ricardo um zu sehen, ob er eingestand, mit Bella geschlafen zu haben. Doch als er gegen zehn Uhr mit Bella Hand in Hand im Büro ankam, hatte sich diese Frage anscheinend erledigt.

„Na schau mal wer heute so nett ist, doch noch zur Arbeit zu kommen“, witzelte Liz.

„Ich hatte mir gedacht ich komme lieber etwas später, um mich deinen Arbeitsgewohnheiten der letzten Zeit anzupassen“, erwiderte Ricardo trocken.

„Hi, Bella“, sagte Liz und zeigte ihr mit einem verständnisvollen Blick, dass sie kein Problem damit hatte, dass Bella und Ricardo anscheinend etwas am Laufen hatten.

Eigentlich war sich Liz gar nicht sicher, dass sie kein Problem damit hatte. Und sie wusste, dass Harrison ganz sicher nicht einverstanden sein würde, aber sie wollte vor Ricardo nicht mit ihrer Freundin darüber sprechen.

„Hey Liz, wollen wir uns nachher zum Mittagessen treffen? Ich werd gleich ein wenig shoppen gehen“, sagte Bella und drückte dann Ricardos Hand, bevor sie ihn küsste.

Liz musste mit ansehen, wie die beiden rumknutschten,

als kämen sie gerade von der Highschool. Sie stand dort… und stand… und wartete, dass die beiden fertig wurden.

„Bah Leute, das reicht jetzt."

„Sorry", sagte Ricardo, während er sich Bellas Lipgloss von den Lippen wischte.

„Okay Bella, wir treffen uns gegen eins", sagte Liz.

Bella ging den Flur runter und drehte sich nochmal um, um Ricardo zu winken. Ricardo winkte zurück als habe er seine Hand nicht mehr unter Kontrolle, so lange, bis Bella im Fahrstuhl verschwunden war.

„Wow, Ricardo. Was war denn das?"

„Was?"

„Du stehst echt auf Bella?"

„Ist das komisch? Es tut mir leid."

„Nein, es macht mir nichts aus. Aber sie ist sehr wild. Glaubst du, du kommst mit einem Mädel wie ihr klar? Sie ist so ziemlich das Gegenteil von mir." Liz musste lachen, als sie sich wieder an ihren Schreibtisch setzte.

„Was soll ich sagen? Sie ist vielleicht nicht der Typ Frau, an den ich immer gedacht hatte, aber gestern Abend hat es irgendwie gefunkt. Wir haben uns stundenlang unterhalten."

„Oh, unterhalten habt ihr euch auch?", zwinkerte Liz ihm zu.

„Komm schon, du weißt, was ich meine. Wir verstehen uns wirklich gut. Wir haben über unsere Träume und Ziele gesprochen. Es war eines der besten Dates meines Lebens."

„Wow, das hört sich toll an."

Liz hatte Ricardo Bella eigentlich ausreden wollen, aber zu sehen, wie er anscheinend tatsächlich auf sie stand, änderte ihre Meinung. Liz wusste selbst, wie gut es sich anfühlte, wenn man jemanden gefunden hatte, mit dem es einfach passte. Sie würde dieses Gefühl Ricardo oder Bella ganz sicher nicht nehmen wollen, wenn es zwischen ihnen gefunkt hatte.

*

Beim Mittagessen fragte Liz Bella direkt nach Ricardo aus.

„Ich weiß schon, du willst wahrscheinlich nicht, dass ich was mit ihm habe", sagte Bella, während sie ihre Freundin umarmte.

„Quatsch, es ist mir egal, wen du datest. Pass nur auf, auf was du dich einlässt. Ricardo ist ein Workaholic. Und bei den Frauen geht es ihm mehr um One-Night-Stands als um die große Liebe."

„Ja, das Gefühl habe ich bei ihm auch. Aber ich suche ja selbst nicht nach etwas Festem."

„Okay, so lange du dir dessen bewusst bist, wünsche ich dir viel Spaß“, erwiderte Liz. Sie wollte sich ganz sicher nicht wie Bellas Mutter aufführen.

Auch wenn sie als Harrisons Freundin theoretisch so eine Position hatte, war es Liz wichtig, dass ihre Freundschaft zu Bella nicht unter ihrer Beziehung zu Harrison litt. Das galt auch für ihre Liebesangelegenheiten.

„Erzähl es bitte nicht Dad.“

„Oh Gott Bella, ich kann doch jetzt nicht anfangen, vor ihm Geheimnisse zu haben. Genau das ist es doch, was gerade zwischen uns nicht ideal läuft.“ Liz dachte auch daran, dass sie Harrison immer noch nicht erzählt hatte, dass sie selbst auch schon bei Ricardo übernachtet hatte.

„Naja, lüg einfach nicht. Aber erzähl bitte auch nicht von dir aus, dass ich was mit Ricardo habe. Kannst du das zumindest für mich machen?“

„Ja, ich versuche, das Thema ganz zu vermeiden.“

„Ich werde wahrscheinlich länger hierbleiben. Ich muss Dad aber irgendwas sagen, warum ich das tue. Ich werde ihm einfach nur sagen, dass ich jemanden kennengelernt habe und es dabei belassen.“

„Oh Gott, Harrison wird ausflippen, wenn er herausfindet, wer es ist.“

„Er kennt Ricardo?“

„Er hat ihn getroffen. Er war eifersüchtig, weil er dachte, es liefe was zwischen uns."

„Oh man, das ist irgendwie witzig", lachte Bella.

„Ich glaube nicht, dass er es witzig findet", sagte Liz und nahm sich ein Stück Brot, das gerade zur ihrem Tisch gebracht worden war.

Die beiden Freundinnen saßen zusammen und genossen ihr Mittagessen, wobei das Gesprächsthema ziemlich schnell von Männern zum Shopping gewechselt wurde. Nach fast einer Stunde intensivstem Gespräch über Schuhe und Mode entschied Liz, dass sie wieder zur Arbeit musste. Bella fuhr zurück ins Hotel, um etwas Schlaf nachzuholen.

Nachdem sie Feierabend gemacht hatte, betrat Liz ebenfalls das Hotel. Die Sonne ging gerade unter und sie fühlte sich müde, war aber sehr zufrieden mit den Fortschritten des Projektes. Nicht mehr lange, dann würden sie es abschließen können.

Als Liz die Hotellobby betrat, rief Harrison per Skype an.

„Hi Baby", sagte Liz.

„Wie war die Arbeit?

„Gut. Bella und ich hatten ein tolles Mittagessen zusammen."

„Ist sie gerade da?"

„Ich gehe gerade hoch zum Zimmer. Ich denke, sie ist

oben und holt ein wenig Schlaf nach."

„Wirst du es bis zum 10. Tatsächlich zurückschaffen?", fragte Harrison, während er seinen Kalender durchblätterte.

„Ja, das ist zumindest der Plan. Ich will, dass ich bis dahin alles fertig habe und wieder zu Hause bin. Bei dir."

„Super! Ich kann es kaum erwarten, dich wiederzusehen."

Liz hatte gerade den Fahrstuhl betreten und lachte.

„Oh, du willst mich also sehen?", fragte sie und zog ihr Shirt hoch, damit Harrison ihre Brüste sehen konnte.

„Oh man, die vermisse ich auch. Und wie."

Liz trat aus dem Aufzug und ging den Flur hinunter.

„Ich bin jetzt auf dem Flur. Es könnte mich jemand sehen."

„Mach es trotzdem nochmal", raunte Harrison.

Liz schaute sich kurz um und sah niemanden. Also zog sie nochmal obenrum blank. Dieses Mal ließ sie ihr Shirt oben und bewegte die Kamera nah an ihre Nippel, mit denen sie ein wenig rumspielte.

„Glücklich?", fragte Liz.

„Oh ja. Ich kann es nicht abwarten, dich wieder hier zu haben. Ich habe etwas für dich, mit dem du spielen kannst."

„Oh, das glaube ich. Ist es groß, hart und wird gerne

gelutscht?“

„Ja.“

Liz holte ihren Zimmerschlüssel raus und öffnete die Tür. Bella war nicht da. Panik stieg in Liz auf. Was sollte sie Harrison sagen, warum seine Tochter wieder nicht zu sprechen war?

„Sie schläft tatsächlich noch“, flüsterte Liz und setzte alles auf eine Karte. „Soll ich sie aufwecken?“

„Nein, sag ihr nur, dass sie mich anrufen soll.“

Liz fiel ein Stein vom Herzen. Sie würde mit Bella reden, denn Liz hatte keine Lust mehr, so zwischen den Stühlen zu sitzen.

## Kapitel 45

Am letzten Tag ihres Projektes kam Liz extra früh ins Büro, um ihre Sachen zusammen zu räumen und ein wenig sauber zu machen.

Am Tag zuvor hatte sie gemeinsam mit Ricardo die finalen Entwürfe für die Werbekampagne von Palomino Enterprises präsentiert. Es war ein Erfolg auf ganzer Linie. Der CEO und sein kompletter Mitarbeiterstab waren sogar so begeistert gewesen, dass die Firma Liz und Ricardo angeboten hatte, fest für sie in Australien zu arbeiten. Doch die beiden hatten dankend abgelehnt. Anstatt diesen Erfolg ausgiebig zu feiern, hatten sie lediglich ein Glas Sekt zusammen getrunken und waren dann schlafen gegangen, Liz alleine, Ricardo mit Bella.

Liz wollte mittlerweile unbedingt wieder nach Hause. Sie vermisste Harrison, klar, aber sie vermisste auch New York.

Liz packte einige Mülltüten zusammen und blickte Bella an, die mitgekommen war, um Ricardo beim Packen zu helfen.

„Ich bring das eben runter."

„Geht klar, Liz. Bis gleich."

Als Liz wieder hochkam, traute sie ihren Augen nicht.

Ihre beste Freundin und ihr Arbeitskollege trieben es mitten im Büro. Bella lehnte nach vorne gebeugt über ihrem gerade geputzten Schreibtisch und hatte ihr Gesicht auf der Tischplatte, ihr Rock war bis zur Hüfte hochgezogen. Ricardo stand hinter ihr und stieß immer wieder hart in sie hinein. Bella schaute auf, als Liz wieder das Büro betrat.

„Echt jetzt, Leute?“, schrie Liz und bedeckte ihre Augen mit den Händen, während sie wieder in den Flur ging und sich auf eine Couch setzte.

Bella und Ricardo waren nun schon länger zusammen und Liz wusste, dass sie nichts sagen konnte, was das ändern würde. Sie war positiv überrascht, dass es zwischen den beiden so gut lief. Liz hatte vermutet, dass sie einander schnell auf die Nerven gehen würden, aber das war anscheinend nicht der Fall.

Knapp zwanzig Minuten später kam Bella in den Flur und holte Liz.

„Willst du wieder in dein Büro?“, fragte sie mit roten Wangen und zerzausten Haaren.

„Oh Gott, ich kann dir kaum in die Augen gucken. Geh bitte wieder ins Hotel, damit wir hier in Ruhe alles aufräumen können“, scherzte Liz, während sie wieder ins Büro ging.

„Ernsthaft Ricardo, das kannst du hier nicht bringen“, sagte sie, als sie eintrat.

„Oh komm schon. Es ist unser letzter Tag. Das Projekt ist abgeschlossen und Palomino Enterprises hat es geliebt.

Entspann dich."

„Ich weiß. Ach, keine Ahnung, wahrscheinlich bin ich nur nervös, weil es nach Hause geht."

„Nervös? Warum?"

„Es ist immer noch wegen Harrison und seiner sexy Assistentin. Ich habe Angst, mich der ganzen Situation in New York zu stellen."

„Hat er sie immer noch?"

„Ja. Aber wenigstens ist sie jetzt nett zu mir am Telefon."

„Warum bist du dann nervös?"

„Weil ich mit ihm reden muss. Ich will nicht, dass sie weiterhin als seine Assistentin arbeitet. Ich weiß, das mag sich kindisch anhören, aber ich muss immer wieder daran denken, ob da was zwischen ihm und ihr läuft."

„Ich glaube, du solltest ihm genau das sagen. Aber setz ihm nicht die Pistole auf die Brust oder setz ihm ein Ultimatum, das mögen Männer gar nicht. Klär die Sache einfach persönlich, wenn du ihn wiedersiehst."

„Ja, das wird das Beste sein. Diese Entfernung macht mich auf Dauer ganz schön fertig."

„Na dann lass uns mal zusehen, dass wir unsere Ärsche wieder nach Hause bekommen", sagte Ricardo und packte eine weiter Kiste zusammen.

Nachdem sie im Büro fertig waren, fuhren sie zum Hotel, um Bella abzuholen. Ihr Flug würde heute Nacht gehen, und in knapp vierundzwanzig Stunden würden sie wieder in ihren eigenen Betten in New York schlafen. Oder Bella in Ricardos Bett in New York.

Als die drei im Flugzeug saßen, merkte Liz, dass sie ein wenig außen vor war. Bella und Ricardo kuschelten die ganze Zeit miteinander und fummelten schließlich so wild miteinander rum, dass Liz ihre Kopfhörer aufsetzte und versuchte, ein wenig Schlaf zu bekommen.

Doch es war nicht das Rumgemache neben ihr, was sie davon abhielt. Es waren die Gedanken an Sarah und Harrison. Je weiter sich das Flugzeug New York näherte, umso größer wurde ihre Aufregung, Harrison wiederzusehen, aber auch ihre Angst, dass er sie betrog. So sehr sie diesen Gedanken auch hasste.

Denn wenn jemand fast fremdgegangen wäre, dann war das Liz. Sie war diejenige, die von Ricardo geküsst worden war und sie war diejenige, die bei Ricardo im Bett aufgewacht war. Auch wenn sie keinen Sex gehabt hatten, wäre Harrison sicherlich nicht erfreut, wenn er davon erfuhr.

Als Bella und Ricardo mal eine Pause einlegten, plante Liz mit ihr die vor ihnen liegenden Wochen.

„Du siehst irgendwie gestresst aus, Liz. Alles okay?“

„Tja, ich habe eben niemanden, der mich hier in einer

Tour angrabbelt."

„Haha. Sag schon, was ist los?"

Liz atmete tief ein und aus. Sie musste es Bella erzählen.

„Ich kann nicht aufhören mir Sorgen zu machen, dass dein Vater etwas mit Sarah hat", sagte sie und merkte, wie ihr Tränen in die Augen liefen.

„Oh, Liz. Nein, das würde er dir nie antun. Niemals. Ich glaube sowieso, dass Sarah eine Lesbe ist."

Liz musste lachen, obwohl ihr Tränen über die Wangen liefen. Sie hatte nie darüber nachgedacht, dass Sarah lesbisch sein könnte. Allerdings hätte sie nichts dagegen, eine heiße Lesbe durfte gerne Harrisons Assistentin sein.

„Eine Lesbe? Nie im Leben", lachte Liz.

„Ich glaube schon. Zumindest hat sie dieses lesbische Etwas. Du musst dir keine Sorgen machen."

Liz wusste nicht, woran es lag, aber irgendwie glaubte sie Bella. Bella kannte ihren Vater gut genug um beurteilen zu können, ob er Frauen betrügen würde. Liz fühlte sich erleichtert.

„Ich werde es versuchen."

„Wahrscheinlich werden die Sorgen verflogen sein, sobald du ihn siehst. Ich weiß, wie sehr er dich vermisst. So gut wie immer, wenn ich mit ihm telefoniert habe, hat er fast nur von dir gesprochen."

„Danke, Bella. Ich hoffe einfach nur, dass du recht hast.“

„Lass uns bis dahin noch ein wenig entspannen und einen Film schauen. Mit dem hier ist anscheinend eh nicht mehr viel anzufangen“, sagte Bella und deutete auf Ricardo, der neben ihr eingeschlafen war.

Die beiden Freundinnen lehnten sich zurück schauten gemeinsam einen Film, eine Komödie. Es tat gut, zusammen abzuschalten und zu lachen.

Als das Flugzeug im Landeanflug war, blickte Liz aus dem Fenster auf die Skyline von New York. Sie war endlich zu Hause. Als sie noch in Australien war, hatte es ihr immer geholfen, ihre Sorgen wegen Sarah zu vergessen, sobald sie ihn per Skype gesehen hatte. Sie hoffte, dass das heute genauso war, wenn sie ihn wieder persönlich in den Arm nehmen konnte.

## Kapitel 46

Liz konnte ihre Aufregung, Harrison gleich wiederzusehen, kaum noch aushalten. Während sie mit Bella und Ricardo das Flugzeug verließ, sendete sie Harrison eine SMS um ihm Bescheid zu sagen, dass sie gerade gelandet waren. Nur noch wenige Minuten, und sie würde ihn wieder in die Arme nehmen können.

„Hey, ich muss mal eben aufs Klo. Wartet bitte eben auf mich“, sagte Bella und ging zur Toilette.

Liz und Ricardo warteten fast zehn Minuten, bevor sie wieder rauskam. Zwischendurch wollte Liz nachsehen, was da drinnen los war, doch dann kam Bella schließlich wieder zum Vorschein.

„Bist du reingefallen?“, scherzte Liz, während sie gemeinsam zum Gepäckband gingen.

Sie bekam keine Antwort, sondern sah nur, wie Bella Ricardo etwas ins Ohr flüsterte. Es dauerte nicht lange bis die beiden sich im Flüsterton über irgendetwas unterhielten, während Liz daneben stand und wartete.

„Oh, sorry Liz“, sagte Bella, als sie den Gesichtsausdruck ihrer Freundin bemerkte.

„Ihr beiden tut fast so, als wenn ihr absichtlich verzögert, dass ich Harrison wiedersehe. Jetzt lasst uns gehen." Liz trat auf die Rolltreppe, die hinunter zu den Gepäckbändern führte.

Als sie sich umdrehte, sah sie, wie Bella und Ricardo auf der Rolltreppe rumknutschten. Untern angekommen, dauerte es noch einige Zeit, bis die beiden sich wieder voneinander lösten.

„Sorry, Liz", sagte Bella wieder.

Die drei schritten den langen Gang entlang, der schließlich in der großen Halle mit den Gepäckbändern mündete. Dieser Bereich des Terminals war äußerst groß und Liz schaute sich überall um, um Harrison zu entdecken. Er hatte gesagt, er würde hier auf sie warten, doch es gab über fünfzig verschiedene Gepäckbänder.

„Weißt du, wo genau dein Dad uns treffen wollte?", fragte Liz Bella. Als keine Antwort kam, drehte sie sich um, weil sie vermutete, dass die beiden wahrscheinlich wieder miteinander rummachten, doch sie hatte sich getäuscht. Die beiden waren verschwunden. Vielleicht hatten sie es ja so nötig, dass sie gemeinsam aufs Klo gegangen waren. Wie auch immer. Liz entschied, dass sie sie später wieder treffen würde. Jetzt wollte sie Harrison treffen. Sie schrieb ihm noch eine SMS.

*Wo bist du? Ich bin hier.*

Es dauerte nicht lange, dann kam eine Antwort.

*Ich bin gleich bei dir.*

Gerade als sie seine SMS gelesen hatte, ging ein Obdachloser vor ihr her. Das konnte an Flughäfen, in denen es warm und trocken war, durchaus mal vorkommen, doch an diesem hier war irgendetwas anders. Dann fiel es Liz auf. Der Kerl trug eine Bassbox.

Sein dreckiger Mantel war dunkel und hing fast bis auf den Boden. Sein Haar war zerzaust, aber sein Gesicht auffällig sauber. Auf einmal drehte der Mann sich um und stellte die Musikbox direkt vor sie.

Liz stoppte.

Was machte der Typ? Sie schaute sich wieder nach Ricardo und Bella um, aber sie waren immer noch weg. Sie trat einen Schritt zurück und wollte dann um den Obdachlosen herumgehen, als er plötzlich auf play drückte und sie direkt anschaute.

Sie konnte nicht einfach so weitergehen. Vielleicht würde er ja etwas aufführen, dann würde sie ihm eine kleine Spende geben. Das war nichts Ungewöhnliches in New York, und Liz gab gerne etwas, wenn sie konnte.

Die Musik setzte ein und Liz erkannte den Song sofort. Es war eines ihrer Lieblingslieder: Bruno Mars mit „Marry You“.

Der Obdachlose fing an, das Lied zu singen. Er war wirklich gut. Das war untertrieben, er war großartig. Er stand einfach nur da und schaute ihr in die Augen, während er die erste Strophe des Liedes sang.

Dann passierte etwas Unglaubliches.

Liz sah drei junge Frauen, die sich hinter den Man stellten und anfingen zu tanzen. Jetzt riss sich der Mann den Mantel runter und tanzte mit den Frauen.

Während der Song lief, suchte Liz weiter nach Bella und Ricardo, sie konnte nicht glauben, dass die beiden diese Show hier verpassten. Diese Leute waren wirklich gut. Liz holte ihre Tasche raus, um etwas Geld herauszunehmen, das sie ihnen geben konnte. So synchron wie sie sich bewegten, mussten sie schon lange für diesen Auftritt trainiert haben.

Als die nächste Strophe begann, tanzten auf einmal noch mehr Leute mit. Liz starrte sie ungläubig an. Immer mehr Menschen gesellten sich zu der Gruppe.

Das Lied kam gerade an ihre Lieblingsstelle:

„*It's a beautiful night, we're looking for something dumb to do… hey, baby, I think I wanna marry you.*“

Moment mal, was war hier los? Völlig überfordert blickte Liz sich um, doch Bella und Ricardo waren nirgends zu entdecken.

Zwei der Tänzer kamen zu ihr nach vorne und nahmen sie an den Armen, um sie in die Mitte des Terminals zu führen. Um sie herum tanzten alle Menschen.

Das hier war ein Flash Mob!

Liz hielt an und versucht, alle Eindrücke zu verarbeiten. War das etwa ein Flash Mob für sie? Warum? Was war hier los?

# Kapitel 47

Langsam aber sicher dämmerte Liz, was hier vor sich ging. Oder spielte ihre Fantasie ihr etwa einen Streich?

Als der Refrain des Liedes erneut einsetzte, tanzte eine große Gruppe von Tänzern von hinten nach vorn. Eine der Tänzerinnen fiel Liz sofort ins Auge: Es war Sarah, Harrisons Assistentin!

Liz‘ Verstand ratterte auf Hochtouren. Was war hier los?

Dann erkannte sie auch einige Freunde von der Uni und Kollegen aus der Bar, in der sie so lange gekellnert hatte. Sie musste lachen, es war einfach so verrückt. Alle diese Leute tanzten nur für sie. Auf einmal kamen Bella und Ricardo nach vorne und tanzten synchron mit den anderen vor ihr. Es war unglaublich.

Plötzlich teilte sich die tanzende Menge vor Liz auf und bildete eine Art Gang, an dessen Ende Harrison stand.

Die Erkenntnis traf sie wie ein Schlag. Das Lied. Der Flash Mob. Harrison. Er würde ihr einen Antrag machen. Die Tränen liefen ihr unkontrolliert aus den Augen und Liz schlug die Hände vors Gesicht, weil sie so schockiert war.

Die Tänzer tanzten weiter, während Harrison langsam

durch sie hindurch auf Liz zuschritt. Er trug einen eleganten schwarzen Frack, der ihr Herz höher schlagen ließ. Sie war eh schon total aufgeregt, aber ihn jetzt hier vor sich zu sehen, war mehr als sie ertragen konnte. Liz hatte Angst, zusammenzubrechen.

Seine tiefblauen Augen waren ebenfalls feucht, als er ganz nah vor ihr stand. Er wandte seinen Blick nicht einen Moment von ihr ab.

„Oh mein Gott“, schrie Liz so laut sie nur konnte.

Sie konnte nicht glauben, was hier gerade passierte. So viele Jahre lang war sie allein gewesen. Sie hatte sich immer eine Familie gewünscht, die sie schließlich in Harrison und Bella gefunden hatte. Doch hiermit hätte sie nie gerechnet. Sie fragte sich, wie er das alles geplant hatte.

Dann ging ihr ein Licht auf. Liz blickte rüber zu Sarah, die mit den anderen Tänzern tanzte. Sie betrachtete die vielen Menschen, die klatschten und sangen. DAS hatte Sarah gemeint, als sie geschrieben hatte „Liz hat KA“. Liz dachte darüber nach und musste trotz ihrer Tränen lachen, denn von alledem hier hatte sie tatsächlich überhaupt keine Ahnung gehabt.

Liz‘ Herz setzte einen Schlag aus, als Harrison vor ihr auf die Knie ging. Sie wischte sich die Tränen aus den Augen, bevor er ihre linke Hand nahm.

„Elizabeth Cleveland, seitdem du in mein Leben getreten

bist, kann ich mir eine Zukunft ohne dich nicht mehr vorstellen. Willst du mich heiraten?“

Er öffnete eine kleine blaue Box, in der ein Ring lag, der größer und funkelnder war als alles, was Liz bislang gesehen hatte. Und er hatte den speziellen Stein von Tiffany's, von dem Liz immer geträumt hatte.

„Ja!“, schrie Liz gegen die Musik an.

Harrison zog den Ring aus der Box und steckte ihn an Liz‘ Finger. Dann stand er auf und nahm sie in die Arme, bevor er sie vom Boden hob und durch die Luft wirbelte.

Das gesamte Terminal jubelte und applaudierte, egal ob Tänzer oder Schaulustige.

„Ich bin so froh, dass du wieder zu Hause bist“, sagte Harrison, als er Liz absetzte.

„Ich auch.“

# Kapitel 48

Als sie an diesem Abend das Haus von Harrison betraten, verloren die beiden keine Zeit. Sie stellten die Koffer in der Eingangshalle ab und rannten quasi ins Schlafzimmer, wobei sie sich auf dem Weg dorthin schon leidenschaftlich mit Küssen bedeckten.

„Immer langsam, Mr. Wellington“, grinste Liz. „Wir wollen doch nicht, dass der Spaß schon so schnell vorbei ist.“

„Keine Sorge, Mrs. Bald-Wellington“, erwiderte Harrison. „Aber ich habe einiges nachzuholen.“

Mit diesen Worten packte er sie mit beiden Armen und schmiss sie auf sein übergroßes Bett. Dann knöpfte er sich langsam sein Hemd auf und ließ es auf den Boden fallen. Seine stählernen Bauchmuskeln traten deutlich erkennbar hervor.

Liz betrachtete Harrisons Traumkörper, während sie sich auf dem Bett räkelte. Es dauerte nicht lange, bis er komplett nackt vor ihr stand. Sein Schwanz stand hart wie eine Betonsäule von seinem Körper ab.

Sie setzte sich auf den Rand des Bettes und umschloss ihn mit ihren warmen Lippen. Dann begann sie langsam an seiner Eichel zu lecken und seinem Schaft zu saugen, während Harrison ihr von oben in die Haare griff und dabei ihren Kopf nach vorne und nach hinten bewegte.

Sein lustvolles Stöhnen steigerte sich merklich. Harrison genoss den Blowjob, allerdings nicht sehr lange. Stattdessen schubste er Liz auf den Rücken und zog ihr die Jeans aus, bevor er ihren G-String in zwei Stücke riss. Während er auf den Knien seinen Kopf in ihrem Schritt vergrub, zog Liz sich ihre Top und ihren BH aus. Das schaffte sie gerade noch, bevor sie sich auf nichts mehr konzentrieren konnte als die Gefühlsexplosion an ihrer empfindlichsten Stelle. Harrisons Zunge verwöhnte sie in einem Rhythmus, der sie wahnsinnig machte.

Kurz bevor es ihr kam, zog sie ihn an den Haaren zu sich aufs Bett.

„Fick mich“, flüsterte sie ihm ins Ohr.

Harrison spreizte ihre Beine und glitt mit einem Stoß in sie hinein. Seine pulsierende Härte und ihre feuchte Wärme waren wie für einander geschaffen. Liz stöhnte auf und warf den Kopf nach hinten, als Harrison immer wieder in sie eindrang. Sie umschloss sein Glied so fest sie konnte, was die Reibung noch extremer machte. Schweiß lief den beiden in Sturzbächen die Körper hinunter.

„Oh Gott, ja!“, schrie Liz und merkte, wie sie gleich kommen würde. Auch Harrisons Atem ging nun immer schneller.

„Oh Fuck!“, stöhnte er und erhöhte nochmals das Tempo.

Das war zu viel für Liz. Sie konnte sich nicht mehr zurückhalten und explodierte vor Ekstase. Nur wenige Augenblicke später folgte Harrisons Orgasmus, der so hart wie selten zuvor in sie hineinkam.

Einige Momente später rollte er sich erschöpft von ihr und sie legte ihren Kopf auf seine Brust.

„Das war unglaublich", flüsterte sie ihm ins Ohr.

„Allerdings. Und da soll mal jemand sagen, man habe keinen Sex mehr, wenn man verheiratet ist", scherzte Harrison.

„Noch sind wir nicht verheiratet, du Genie", ärgerte ihn Liz.

„Verliebt, verlobt, verheiratet – was auch immer. Hauptsache ich bin mit dir zusammen."

Liz merkte, wie die Müdigkeit sie langsam überkam. Es war eine angenehme Müdigkeit, eine Erfülltheit, wie sie sie noch nie erlebt hatte. Ihr ganzer Weg bis hierhin, die ganzen Mühen, die ganzen Entbehrungen, die harte Arbeit – alles hatte sich letztendlich ausgezahlt. Es fehlte nur noch ein Puzzleteil, um dem Ganzen die Krone aufzusetzen.

## Kapitel 49

Die Hochzeit war ein einziger Traum. Weder Harrison noch Liz wollten lange damit warten, weshalb sie schon wenige Wochen später im Central Park heirateten. Die Sonne strahlte von einem wolkenlos blauen Himmel auf die Gäste, die auf den weißen Stühlen vor einem kleinen Wäldchen saßen. Eigentlich war es für Normalsterbliche fast unmöglich, hier eine Zeremonie durchzuführen, doch Harrison hatte als einer der größten Kanzleichefs der Stadt ausreichend Kontakte, um Liz den schönsten Tag ihres Lebens zu bereiten.

Zur Eröffnung der anschließenden Feier gingen Harrison und Liz von Tisch zu Tisch und dankten den Gästen persönlich fürs Kommen. Es war zwar eine aufwendige Prozedur, doch sie wurde in allen Hochzeitsratgebern aufgeführt, die Liz gelesen hatte, und sie wollte auf keinen Fall darauf verzichten.

Als sie am Trauzeugentisch ankamen, mussten Bella und Liz zunächst etwas kichern, bevor sie sich lachend umarmten. Ihre Freundschaft war etwas ganz Besonderes, das wussten die beiden.

Als Liz und Harrison sich auf ihre Plätze setzten, konnte Liz die Spannung zwischen ihrem Mann, Bella und Ricardo förmlich spüren.

„Und, was kommt als Nächstes für euch, ihr beiden?“, fragte Harrison und schaute Ricardo in die Augen.

Ricardo hat selbst einiges zu erzählen, doch er fühlte sich noch nicht bereit dazu. Es war schließlich Harrisons Hochzeit und er befürchtete, dieser könnte ausflippen, wenn er die News hören würde, die Ricardo hatte.

„Ihr seid die nächsten, die groß heiraten“, witzelte Liz.

„Das nicht, aber wir haben uns überlegt, dass wir eine Weltreise machen“, sagte Bella.

Liz griff sofort Harrisons Hand und umschloss sie fest unter dem Tisch. Sie wusste, dass das heißen würde, dass Bella ihr Studium unterbrechen würde und das wäre etwas, von dem Harrison garantiert nicht begeistert war. Liz wollte nicht, dass Harrison an diesem schönen Tag einen Streit mit seiner Tochter hatte, weshalb sie seine Hand auch erst losließ, als diese sich ein wenig entspannt hatte.

„Dad, ist das nicht total cool und aufregend? Wir werden überall und nirgendwo gleichzeitig wohnen!“, rief Bella voller Begeisterung.

Bellas Euphorie war so groß, dass Liz fühlte, dass dies hier ein entscheidender Moment war, wenn sie die Situation retten wollte. Sie drückte nochmal Harrisons Hand, bevor sie sich äußerte.

„Ich finde das ist eine großartige Idee. Wir können euch helfen, alles vorzubereiten. Wie lange wollt ihr unterwegs sein?“

„Ja, wie lange werdet ihr weg sein? Und wie bitte schön willst du dieses Abenteuer finanzieren?“, fragte Harrison, der erstaunlich ruhig blieb.

„Sie sind nicht der einzige wohlhabende Mann hier in New York“, zwinkerte Ricardo Harrison zu. Ich lade Ihre Tochter selbstverständlich ein. Nach dem großen Erfolg des Projektes in Australien gab es eine großzügige Bonuszahlung unserer Firma.“

„Aha“, erwiderte Harrison. „Meinen Glückwunsch. Und was sagt ihre Firma dazu, dass sie in den kommenden Monaten auf Weltreise sind?“

„Ehrlich gesagt war das die Bedingung, bevor ich die Stelle angetreten bin. Ich darf mir alle fünf Jahre ein Sabbatjahr nehmen. Und genau das habe ich jetzt getan.“

Harrison nickte anerkennend. Auch wenn er nicht unbedingt ein Fan von Ricardo war, so respektierte er zumindest dessen Arbeitsmoral und die Tatsache, dass er mit beiden Beinen im Leben stand. Vielleicht würde er seiner Tochter doch besser tun, als Harrison anfangs vermutet hatte.

„Ich möchte einen Toast aussprechen“, sagte Liz und schlug leicht mit ihrem Messer an ihr Weinglas. Auch wenn sie eigentlich nicht der Typ für so etwas war, so hatte sie das dringende Gefühl, die Stimmung etwas auflockern zu müssen.

„Auf das Leben, die Liebe und das Abenteuer“, hob sie ihr Glas und die Gäste klatschten.

Auch Harrison hob sein Glas und blickte zunächst seine Frau und dann seine Tochter mit ihrem neuen Freund an. Letztlich hatten sich doch noch alle Dinge zum Guten gewendet. Er konnte sich wirklich glücklich schätzen, und das wusste er. Dann wiederholte er den Toast von Liz.

„Ja, auf das Leben, die Liebe und das Abenteuer. Und auf meine wunderschöne Braut, die verrückt genug war, mich mit auf ihre Abenteuerreise des Lebens zu nehmen und ihre Liebe mit mir zu teilen. Zum Wohl!"

ENDE

Printed in Poland
by Amazon Fulfillment
Poland Sp. z o.o., Wrocław

53859803R00154